(ÉDITION DÉFINITIVE)

Kees Doorik

par

GEORGES EEKHOUD

Nous arrivons de Tord-le-Cou
Wou! Wou!
(*Ballade des* GANSRYDERS)

II

KISTEMAECKERS
Éditeur
BRUXELLES

1886

KEES DOORIK

(ÉDITION DÉFINITIVE)

Kees Doorik

par

GEORGES EEKHOUD

Nous arrivons de Tord-le-Cou
Wou! Wou!
(*Ballade des* GANSRYDERS)

II

KISTEMAECKERS
Éditeur
BRUXELLES

1886

LIVRE DEUXIÈME

LA KERMESSE DE PUTTE

I

Le premier dimanche après le neuf octobre, jour de la Saint-Denis, Annemie, Wannes Andries, Kees Doorik, Janneke, Flup Sap et sa fille Bella; Lôke, de la *Corneille*, avec Sus Dras, le manœuvre-maçon, son fiancé, partirent après la grand'messe pour se rendre à pied à la kermesse de Putte. Ils coupèrent à travers champs, derrière la Ferme-Blanche par le sentier dit de la

« Raie », débouchant à la lisière du village de Cappellen sur la chaussée de Bergen-op-Zoom.

Les femmes avaient sorti leurs plus beaux atours des huches de noyer séculaires. Elles mettaient à l'évent les robes, les bonnets et les bijoux des grands jours. Chez Annemie, cet apparat se traduisait par une jupe et une jaquette d'alpaga feuille-morte, un mouchoir à ramages descendant en pointe dans le dos et retenu sur la poitrine par un grand cœur en diamant. L'ovale de son visage avivé par l'air frais s'encadrait dans l'énorme bonnet de dentelles à la haute coiffe bouffante épinglée d'argent, aux larges ailes palpitant des deux côtés du menton.

Les jeunes filles arboraient à leurs cornettes enrubannées des bouquets de fleurs artificielles aussi éclatants et aussi touffus que ceux placés au mois de mai dans les vases de l'autel de Marie, par le sacristain Liévin Strop. Les brides vert-pomme ou bleu de myosotis badinaient.

Les hommes sanglés dans leurs pantalons noirs, le disputant en lustre au cirage de leurs souliers, avaient passé par-dessus la veste le long *kiel* ou sarrau bleu. Celui de Kees lui coûtait dix-huit francs, une ruine! Mais ce *kiel* était des meilleurs! flambant neuf, coupé dans de solide lin des Flandres, teinté d'indigo sombre, calendré comme du satin, avec des fronces sous les omoplates. Il dégageait encore ce fort parfum végétal dont le rouissage et la teinture imprègnent la toile.

On marchait allégrement, les femmes cheminant sur un rang devant les hommes.

Depuis la nuit d'orage, la *bazin* battait froid à Kees, mais cette bouderie n'inquiétait pas le confiant garçon. Dans la contrainte qu'elle lui montrait, il lisait un aveu de faiblesse, la dernière concession faite au préjugé. De sorte, qu'au lieu de le tourmenter, ces allures embarrassées le flattaient. Il n'attendait plus qu'une occasion de se faire pardonner sa déclaration par trop brusque de l'autre fois, en faisant valoir à côté de cette sauvage sympathie de la chair l'attachement sérieux et inaltérable qu'elle lui avait mis dans la poitrine, sous la mamelle gauche. Aussi, pour cette explication, il espérait beaucoup des influences de ce bénévole jour de kermesse, où l'atmosphère pimentée, les griseries de la musique, de la danse et de la bière, sont complices des amoureux, délient les langues, attendrissent les cœurs, rendent éloquents les moins hardis et clémentes les plus farouches.

Kees ignorait ce qui s'était passé entre le frère et la sœur, sinon il eût autrement interprété l'indifférence presque méprisante que lui témoignait la lâche créature. Kees marchait derrière elle, essayant d'attirer son attention par des saillies et des observations plaisantes.

Mais, Annemie affectait d'être toute oreille aux bavardages de la *bazin* Sap, ou, si elle se retournait, c'était pour répondre en riant à un dire comique du bourgmestre.

Le Wannes, grave et sentencieux, paraissait accorder un intérêt extrême aux moyens infaillibles que le gros Flup Sap, le plus important cultivateur de la contrée après Annemie, lui indiquait pour la destruction des courtilières. Le loquace magot oubliait que le fonds de son interlocuteur, composé de dunes et de brandes, était préservé par sa pauvreté même, de l'invasion des taupes-grillons. Aussi, Wannes le laissait-il pérorer et ruminait ses plans de campagne contre ce damné Kees Doorik, qui semblait ne pas vouloir abandonner la partie. La présence du domestique à cette excursion inquiétait considérablement le compère. On n'avait point trouvé de prétexte pour exclure le valet d'une distraction à laquelle il participait tous les ans avec ses maîtres, cela depuis le temps du vieux Nelis Cramp. Et Wannes, aussi, attribuait à l'air des kermesses les influences merveilleuses sur lesquelles comptait l'amoureux. Décidément, il fallait congédier au plus tôt ce dangereux prétendant; avant cela, le Millédiue ne recouvrerait pas l'appétit et le sommeil.

Bella Sap n'écoutait pas d'une oreille plus attentive le caquetage d'Annemie et de Löke. Elle évaguait tout comme Wannes, et ses éclats de rire répondaient bien plutôt à ses pensées secrètes qu'aux propos de ses amies.

Elle était encore de meilleure humeur que d'habitude, cette délurée de Bella. Après avoir essayé de vaincre quelque temps son inclination pour Kees Doorik, un jour, en fille raisonnable qui n'entend point perdre ses forces dans des combats sans résultat, elle avait permis à cette tendresse de prendre à jamais possession de son cœur. C'était une passion pour la vie. Elle aurait Kees, elle se l'était adjugé. Peu lui importait d'attendre son homme des années encore. Ils seraient toujours assez jeunes et assez puissants pour prospérer et faire souche. Elle n'avait soufflé mot de ses projets à âme qui vive. Son père, dont elle se faisait fort d'obtenir le consentement au moment voulu, Kees lui-même ne savaient rien de cet amour.

En attendant, les choses se présentaient sous l'aspect le plus encourageant pour Bella. Ah ! elle avait bien raison de se réjouir ! Ce Kees qui l'avait fuie tout un temps, s'apprivoisait et venait, depuis plusieurs mois, prendre sa demi-pinte à l'*Etrille*. Lui aussi avait l'air heureux, tout ému et un peu mystérieux. C'en était fait de sa timidité et de ses rougeurs. Maintenant il trouvait aussi promptement que Bella le mot pour rire. Et même un jour, ce polisson avait voulu l'embrasser au risque de recevoir une de ces terribles gifles qui tenaient en respect les terrassiers et les maçons, clients du samedi soir. Bella avait corrigé cet émancipé, mais pas fort, car elle s'était sentie défaillir et faiblir sous le souffle du beau gars.

— C'est certain, se répétait Bella, il m'aime; bientôt je pourrai tout lui dire.. Ah! comme j'attends ce moment!... Reste l'avis du père... Il ne pourra me refuser... Les petits l'aident dès maintenant; Fine brûle d'envie de me remplacer dans l'estaminet; Lise cuisine déjà mieux que moi, et quant à notre Pierre, il devient aussi fort que notre Tist et il y a longtemps qu'il se passe de mes soins... Tist n'a pas grand goût pour le travail au champ, il préférerait courir les marchés, mener et vendre le bétail... Il faut donc un aide cultivateur au père. Combien de fois ne m'a-t-il pas parlé de Kees en l'enviant à Mie Cramp... Allons, tout va bien! Que demain je dise à père: « Il y a un moyen de vous attacher ce sujet rare : C'est de lui donner votre fille ! » il fera d'abord un bond de colère, mais finira par me trouver très raisonnable... A qui parlerai-je en premier lieu : à Kees ou à mon père. Et comment aborderai-je Kees ? Je commencerai comme ceci, par exemple : « Je suis une honnête et brave fille, aimant à rire mais n'ayant jamais fauté... Kees, les miens vous diraient de quelle façon j'ai conduit la maison depuis la mort de ma mère... Je vous aime de toutes mes forces ; vous n'avez pas de fortune mais vous doublerez la mienne par votre fier travail...Voici ma main...Soyez mon homme, mon *baes* pour la vie !... »

Ainsi rêvait Bella Sap en se rendant à la kermesse ; elle se tournait de temps en temps vers Kees Doorik et lui souriait, et s'illusionnait au point de prendre pour elle les frais de toilette de Kees, ses frais d'esprit, ses regards veloureux et son air intrépide. Dieu ! comme ils danseraient là-bas !

On fournit en une heure et demie

l'étape de Dinghelaar à Putte. La chaussée suit une ligne insensiblement brisée. Les hêtres qui la bordent recroquevillaient déjà leurs feuilles rougies ; elles bruissaient emportées par le vent humide, et tournoyaient avant de joncher le sol. Il ne pleuvait pas, mais dans le ciel couvert s'amoncelaient les frimas de l'automne.

Aussi, des deux côtés de la voie, les maisons de campagne frileuses, désertées en même temps que les nids d'hirondelles, exprimaient avec leurs volets clos, leurs grilles défendues par des chevaux de frise, leurs larges sauts de loup couverts de végétations squammeuses, une aversion défiante pour ces pèlerins de kermesse roulant depuis le matin, vers Putte, leur caravane semblable au pullulement d'une vermine prolifique.

Entre les accotements noirs de piétons défilaient des véhicules de tous modèles, des calèches de louage, landaus trop vieux, cabriolets trop neufs les uns veufs de leur peinture, les autres attendant encore le premier vernis, charrettes de maraîchers, bonneaux, paniers, etc. Sur l'impériale des breacks et des omnibus charriant les ribambelles entassées, des fanfares de carrefour plaquaient de rauques accords, scandaient des bourrées de matelots ou accompagnaient des refrains de musicos.

La ville maritime déballait dans la campagne ses ribaudes costumées en laitières, avec des cotillons et des cornettes en cotonnade ou des chaperons en cuir bouilli ; ses ribauds paysannant affublés de blouses courtes, la casquette dans la nuque, un foulard rouge noué autour du cou, chaussés de sabots jaunes ou de savates clapotantes.

D'autres de ces sirènes de l'Escaut s'étaient fait enlever par de jeunes « culottes de goudron », qui exhibaient, avec une certaine ostentation, leur accoutrement de mer : — une de ces camisoles de laine bleue, tricotées dites *truies*, collées à leur thorax, décolletées, enfoncées dans les chausses ; — lesdites chausses boucanées, patinées aux fesses et aux genoux comme de vieilles monnaies, retenues par une courroie en cuir jaune, serrante, bouclée haut dans le dos ; — enfin, une de ces casquettes marines appelées pigeonniers à cause de leur visière plate et large, copiée, en effet, sur la plate-forme où s'abattent les hôtes du colombier.

Ces drilles avaient les mains rouges, des cheveux ras, des anneaux aux oreilles, des figures rondes barbouillées à la terre de Sienne par le soleil des nègres, dans lesquelles le blanc des yeux et des mâchoires marquait avec une intensité particulière. Les bras ballants, écartés du corps, en marchant ils ployaient fortement sur les genoux, et gardaient, en foulant le plancher des vaches, le tic du roulis et du tangage.

Alignées sur les banquettes, leurs dames conservaient une immobilité de bétail conduit à l'abattoir, dodelinant aux cahots du tombereau ; d'autres commençaient une chanson, mais leur graillement ne dominant pas le tumulte, elles dansaient un momon et leurs trépidations sur la toiture du véhicule faisaient sortir par les fenêtres les têtes allumées et inquiètes des occupants de l'intérieur. Toutes avaient des faces bistres malgré la poudre blanche sur lesquelles les rechampis du fard caricaturaient les chaudes carnations des paysannes. Et des invectives, des jurons poissards, les vocables les plus énergiques du bas-flamand, des anguillades de fouet, des appels de trompette, se croisaient dans l'air.

Au pied des arbres de la route glapissaient des malandrins étalant des moignons, des pieds-bots, des membres soufflés d'hydropisie ou comme passés au laminoir par quelque monstrueux caprice de la création. Des truandes accroupies, dans l'attitude des saintes femmes du chemin de la croix, exposaient dans leur giron leurs mômes frappés de la maladie du « vieil homme ». Idiots, manchots, culs de jatte, le paysan valétudinaire ruiné par un incendie, le jeune débardeur du port estropié par la chute d'un faix, la veuve du marin naufragé, l'invalide oublié de 1830, psalmodiaient leur complainte ou arboraient sur la poitrine de grands écriteaux racontant leur « malheur ». Les aveugles et les sourds-muets se faisaient assister par des gamins simiesques, pieds déchaux, les jambes noires, luisantes comme un cambouis, harcelant, la sébille à la main, les passants écœurés.

De distance en distance, les cabarets, plus rapprochés à mesure qu'on avançait, mettaient quelque temps d'arrêt dans la marche de la cavalcade. Un drapeau rouge, jaune et noir, claquait au-dessus de l'enseigne. D'ordinaire, les excursionnistes buvaient sans mettre pied à terre, mais parfois, les fourmis dans les jambes, la cargaison entière dégringolait qui de l'échelette, qui du marche-pied, qui des roues, et exécutait dans la salle basse de l'*herberge*, ou au tour du tilleul à la porte, une sarabande échevelée.

A un quart de lieue de la bourgade, comme si les « chapelles » permanentes ne suffisaient plus, on lampait et l'on fringait dans des baraques tendues de canevas cloué sur quatre piquets. Les orgues ronflaient à la fois : depuis la caisse primitive, roulant les *Il baccio* vieux comme les valseuses qui entendirent leurs premiers rhythmes, jusqu'aux orchestrions compliqués, serinant les quadrilles du carnaval d'antan.

Au moment d'atteindre Putte, Annemie, son frère et Janneke se rappelèrent qu'un cousin, le fermier Bart Stevens, leur avait fait promettre, la dernière fois, de venir repaître chez lui à la kermesse prochaine. On convint avec la compagnie de se retrouver dans l'après-midi, vers quatre heures, au *Moerjan* — le *Nègre Jean* — dans le Putte hollandais.

La ferme Stevens s'élevait sur la droite, à trois portées d'arbalète, au milieu d'une vaste pièce de terre, déjà versée pour les semailles d'automne. Les invités bifurquèrent par un chemin de desserte, et Kees, les Sap, Lôke, et d'autres pays rencontrés ou rejoints en route s'engagèrent délibérément dans la cohue.

II

PUTTE, situé à cheval sur la frontière, agglomère trois hameaux dont deux belges, l'un dépendant de la commune de Cappellen, l'autre de celle de Stabroeck, et le troisième hollandais. La chaussée même de Bergen-op-Zoom, en forme la rue principale. C'est à peine si l'on remarque, non loin de l'église et de la douane belge, une borne armoriée établissant la démarcation entre les deux pays. On foule le sol hollandais qu'on ne s'aperçoit pas de la différence. Là, comme ici, les maisons sont uniformément basses et proprettes ; la langue est la même, l'accent aussi. Les types ne tranchent pas davantage l'un sur l'autre. Ce sont les physionomies familières de la contrée du Bas-Escaut, les visages forts, briquetés, les mentons carrés, les yeux rêveurs, les démarches lentes et mesurées. Les femmes hollandaises se coiffent et se troussent comme en Campine. Les braies en velours de coton des hommes tendent à s'élargir du haut, et pour cet habillement, le bleu est la nuance préférée des Brabançons hollandais, tandis que nos Anversois septentrionaux affectionnent les bruns chatoyants : le marron et le mordoré.

En face de l'église catholique hollandaise, située à deux cents mètres de la frontière et aussi laide que celle du Putte belge, s'élève sur la place, un buste en bronze. sculpture flamboyante et fleurie d'une allure nerveuse, dont le piédestal encastre une pierre tombale, antérieure de plusieurs siècles au reste du monument. C'est le buste et le tombeau de Jacques Jordaens. L'artiste, victime de la persécution religieuse, exilé sous la domination espagnole, s'en vint mourir sur la frontière de la patrie. L'intolérance catholique le poursuivant encore après sa mort, la dépouille du Luthérien fut proscrite du champ consacré et enfouie au bord du parvis.

Aujourd'hui, les cendres du réprouvé reposent toujours au dehors de l'enclos bénit. Mais qu'importe cet ostracisme au maître-peintre des bambochades, au Flamand épris des kermesses, au célébrant du culte de la grasse matière, au chantre des ventres en tonneaux, et des tonnes ventripotentes, des faces rouges et joviales des buveurs de bière! De l'endroit où trône son buste chevelu, si nerveusement trituré par Jef Lambeaux, le jordaenesque sculpteur, une fois l'an, Jordaens retrouve la riche et audacieuse expansion de la vie rustique, il assiste aux beuveries et aux ripailles où ses pinceaux puisaient leur force sanguine il y a trois siècles.

La kermesse de Putte, la dernière de l'année au pays d'Anvers, est donc mieux que la fête de Saint-Denis, l'orthodoxe patron du hameau, un pèlerinage monstre organisé en l'honneur du glorieux hérétique.

La bourgade, la partie hollandaise aussi bien que la belge, vivote en temps ordinaire. Un contrebandier allemand, arrêté par les gabelous, une incursion de rôdeurs de frontières; les chevauchées des gendarmes, traquant les braconniers et les vagabonds en rupture de ban, la reconduite à la limite d'une bande de bohémiens, chaudronniers et montreurs d'ours, ou, plus rarement, une rixe au couteau, entre Flamands et Néerlandais, culottes brunes, serrantes contre amples bragues bleues, sont les seuls événements interrompant le cours régulier de la vie des rouliers, des marchands de bois, des artisans, et de quelques fermiers composant la population du village.

Mais arrive la kermesse, ce coin perdu et maussade devient, trois jours durant, de la veille du dimanche à celle du mercredi, le théâtre d'un carnaval extravagant et le rendez-vous de milliers de « fous de kermesse » des villes et des villages situés dans un rayon de cinq lieues.

Les arrivants ont peine à avancer le long de la chaussée où est établie la foire.

Entre deux rangées de baraques et d'échoppes ondoie, se presse, se trémousse, une cohue bariolée, mise en fermentation par la longue marche et les libations redoublées. Les véhicules dètèlent forcément, à l'entrée du hameau, malgré les occupants féroces qui croient avoir payé au cocher le droit d'écraser quelques piétons.

L'observateur est d'abord étourdi par

cette houle grouillante, tapageuse comme un sabbat. Caisses, gongs, cloches, tambourins, crécelles, musiques tonnent, sonnent, grondent, sanglotent. *Hanswurst*, Jean Saucisse, le Cassandre flamand, bat la parade, en même temps qu'il prête sa face enfarinée aux soufflets et son faux visage aux coups de pied Une Lenormand jaune, osseuse comme une momie, explique, armée de sa verge prophétique, les symboles peinturlurés à l'extérieur de sa loge. Le marchand de complaintes geint devant un paravent réprésentant les principales scènes du crime à sensation. Les carrousels avec leurs hippogriffes tavelés et leurs palanquins pailletés, entraînent des grappes humaines dans leur rotation vertigineuse.

Les baraques s'ouvrant sur la rue présentent une enfilade de tables autour desquelles les pifres engloutissent des saladiers de moules arrosées de bière de Louvain. Ailleurs rissolent les harengs, crépitent les beignets, claquent les gaufriers, roussissent les pommes frites.

D'autres se rabattent sur les *scholies* fleurant les varechs et la marée morte, et, safres, à grands coups d'incisives, en arrachent la chair ligneuse, depuis la peau jusqu'à l'arête; puis, par désœuvrement, ils achètent des jointées de noisettes qu'ils pochettent pour les grignoter en flânant et dont ils jettent les écailles au visage des tortillons de leur connaissance. Les bourgeois marchandent en les patrouillant ces pains d'épice de Hollande, plaqués d'écorce d'orange et de véronique que leur vendent, avec des saltations de pantins, des commères hommasses et mafflues.

Les plus avisés font des emplettes utiles et tombent en arrêt aux étalages de dinanterie, d'outils, d'instruments de labour, de hardes, de sabots. Blaudes, vestes, souquenilles, hoquetons, uniformes de rebut, brandillent suspendus à des tringles. Les sarraux ballonnent comme déjà remplis par les dos ronds des clients ; les grègues de velours évoquent dans leurs plis renflés les structures charnues et les larges mouvements des bouleux qu'elles culotteront.

De la fourmilière monte une lourde odeur d'échauffé que l'air humide ne parvient plus à dissoudre, et qu'entretiennent les bousculades des allants et venants. Des bandes de gobelotteurs chassent à travers la mêlée, à la file, chacun les mains posées sur les épaules de celui qui le précède ou bien, bras-dessus bras-dessous, tenant la largeur de la rue, battant des jambes et provoquant des collisions fantastiques. Les guenipes énervées par les chatouilles se débattent en vain et malgré le brouhaha on entend résonner des baisers furieux plantés à même les lèvres par leurs poursuivants.

Dans les bouges, les cuivres exécutent des loures discordantes sur lesquelles sabotent gravement les couples rustiques couvant des réveils féroces sous leur apparente torpeur.

Cependant, vers la nuit toutes ces sensualités se laissent moins facilement réfréner, les appétits se sont tournés des salaisons et des victuailles fumées de la foire vers la chair fraiche et vivante. Les rivalités se mettent de la partie. La porte d'un cabaret s'ouvre ; deux hommes, presque deux enfants, – un portefaix et un garçon de ferme – viennent rouler sur le pavé, étroitement enlacés, ne formant plus qu'une seule masse spumeuse, ensanglantée, les nippes en loques, décoiffés, déchaussés dans la lutte. Et au milieu du hourvari des spectateurs plus amusés que terrifiés par la bataille, des cris aigus de la guenuche pour qui se massacrent ces passionnés, partent, à deux pas de l'attroupement, des détonations de carabines Flobert avec lesquelles de flegmatiques fantassins hollandais, oranges et bleus, sont en train de moucher des chandelles de suif et de se faire une provision de cigares jaunes pour la journée.

III

COMME tous les ans, Kees Doorik et ses compagnons prenaient leur part de ces scènes extravagantes. Ils montèrent et descendirent plusieurs fois les deux kilomètres de baraques, le nez bâillant à la friture, les yeux écarquillés, les oreilles bourdonnantes. Le bourgmestre Sap, un luron, pénétra dans la loge d'une « grosse femme ». Les camarades l'attendaient à la sortie et ce fut une explosion de gaieté parmi « ceux » de Dinghelaar — Kees excepté, car il devenait dolent, trouvant déjà trop longue sa séparation d'avec la fermière, — lorsqu'il se déclara volé, prétendant que feu sa *bazin* aurait rendu quelques livres de mollets et de cuisses à la géante. Puis Flip Sap trouva que « son ours commençait à danser », figure par laquelle il exprimait les tiraillements de son estomac. Il faut croire que ce cavalier seul était contagieux, car les autres ours suivirent l'exemple de celui du bourgmestre, ce qui décida les hommes à entrer tous ensemble dans une auberge où ils se regoulèrent d'œufs au lard et de fromage de Hollande.

Il faisait déjà noir que les pifres étaient encore attablés. Ils avaient accompagné la lippée de force litres d'orge et de Louvain. Kees seul ne mangeait que du bout des dents. Son entrain était tombé depuis le départ de sa *bazin*. Bella essayait en vain de l'émoustiller ; sans se douter pourtant le moins du monde du motif qui rendait si subitement morose le faraud du matin.

— Tout ce vacarme m'a un peu brisé la tête. Cela passera tout à l'heure, ma bonne petite Bella !... disait-il en s'efforçant de prendre un ton dégagé...

— Oui, cela passera ! approuvait Bella. En dansant nous ferons descendre le mal dans vos talons, puis dans le plancher... Voilà le bon remède !

— Ne serait-il pas l'heure d'aller retrouver les autres au *Moerjan ?* demanda Kees Doorik.

Lestés, gavés jusqu'à la gorge, ils se levèrent à grand'peine. A la porte, ils tombèrent sur Chiel Dhaenens, qui se joignit à leur troupe.

Lorsqu'ils arrivèrent au *Moerjan*, situé en Hollande et à l'écart, la *bazin* Cramp, les Andries, le cousin et la cousine Stevens, quelques invités des villages voisins s'étaient déjà installés. Parmi ces derniers se trouvait un étranger que Kees eût promptement remarqué.

C'était un gaillard d'une vingtaine

d'années, larges d'épaules, engoncé, fessu et pattu, avec un visage rond et briqueté, du son plein les joues, une grande bouche sensuelle, des cheveux d'un blond filasse bretaudés, un nez carlin et polisson, des yeux pers et enjôleurs. Kees vit d'un mauvais œil que ce déluré, la casquette posée sur le coin de l'oreille, portant un veston, une chemisette blanche et une cravate, comme un signor de la ville, faisait la belle jambe aux côtés de la veuve Cramp. Il lui débitait des propos égrillards dont elle paraissait s'amuser beaucoup et ainsi encouragé le muguet oublia longtemps son bras passé autour de la taille de la commère. Janneke, toujours à son rôle, observait comment le Frisé avalait l'intrus, aussi, s'empressa-t-il de communiquer à Kees ce qu'il savait des conditions et du caractère du gros garçon.

Jurgen Faas était le fils unique d'un fermier de Beirendrecht qui, attendant l'héritage paternel, fainéantait et vagabondait, toujours disposé à soutenir la réputation de sa paroisse dans la bataille des demi litres, cela, au grand chagrin de l'ancien, comptant s'aider de lui dans son commerce. Découragé par les extravagances du batteur de pavé, le vieux Faas aurait presque souhaité qu'il tirât un mauvais numéro à la conscription; mais Jurg n'en fit rien. La chance l'ayant favorisé, le gaillard menait de plus belle sa vie dissipée. On lui pardonnait beaucoup à cause du quibus qu'il aurait plus tard et surtout à cause de la prodigalité avec laquelle il le dépensait d'avance. « Un si bon garçon ! » disaient de lui les gens de son village et du pays à la ronde. S'il avait voulu s'établir, les occasions ne lui eussent pas manqué. Mais Jurrie entendait garder sa liberté, aller en garouage aussi souvent qu'il lui plairait; promener son inconstante et sensuelle personne partout où il s'agissait de faire carrousse : aux plantureux *teerdagen*, — ou jours de consommation des confréries — aux kermesses à boudins et à *couquebaques*, aux fêtes patronales des bourgades du polder et des dunes. Cette fois son flair de gourmand l'avait mené chez ses amis, les Stevens, où il se rencontra avec Annemie, les Andries et quantité de cousins et de cognats des hôtes. Ce monde s'était partagé les fins morceaux d'un cochon gras, depuis les oreilles jusqu'à la queue. Ils avaient eu raison ensuite de plusieurs platées de riz au lait et au safran, saupoudré de cassonnade. Puis, comme il fallait faire descendre cette charge, on l'arrosa d'un tonnelet d'orge double, une orge de kermesse. Aussi, les convives du *baes* Stevens étaient-ils tous d'humeur hilarante et expansive.

Dans la salle, hommes et femmes s'entassaient autour des tables et devant le comptoir. Les pompes à bière gloussaient sans trêve ; les pipes ardaient continuellement, les verres s'entrechoquaient, les consommateurs se distribuaient des tapes amicales, et sous les poutres noircies du plafond trois fois séculaire, dansaient des colonnes de fumée mêlées à des évaporations de houblon et d'alcool.

Deux jeunes paysans vinrent à entrer. L'un portait sous le bras un cochonnet vivant acheté à la foire. La bestiole rose et potelée comme un populo grelottait, apeurée, grognonnante. Jurgen Faas houpa l'homme au cochonnet, un manouvrier de Stabrœck :

— Hé ! Jan-Flip ! Flip-le-Roux, par ici ! Combien vends-tu cet apôtre ?

— Ce n'est pas avec le ducat qui tourmente la doublure de tes braies que tu l'achèterais, Jurg-le-Blanc !

— Doucement, Flipéké. Avec ce que contient ma besace je puis payer le cochonnet et son maître.

Et se rejetant en arrière, plongeant au plus profond de son gousset, il jeta sur la table un écu de cinq francs.

— Cinq petits francs ! Un porc entier ? Pas un jambon ! dit Flip.

— Tous les quatre, l'ami, il me les faut... Mettons six francs et prenons un verre ensemble, allo ! *Bazin !* deux verres ! Est-ce dit ?

— Huit ou rien n'est fait, meilleur des Jurgen !

— Damné entêté ? Enfin, va pour huit francs.

En possession de son emplette, il se mit à taquiner la bête. Il l'empoignait à deux mains, approchait le nez du groin carné, soufflait des bouffées de tabac dans ces petits yeux inquiets.

Annemie intercéda :

— Quelle idée de vous embarrasser de cette chétive bestiole ! Elle sera morte avant d'arriver à Beirendrecht.

Mais Jurgen entendait se divertir pour ses huit francs. A un moment donné, il trouva désopilant de lâcher son amusette sous les jupons de sa voisine. Alors, comme la veuve se défendait, le loustic prétendit rattraper l'animal et se laissa couler sous la table. Les femmes crièrent à la fois. Le polisson glissait les doigts par-dessus les jarretières en renitlant bruyamment. La *bazin* essoufflée, luisante, à force de se démener sur sa chaise, était plus que les autres l'objet de ses entreprises.

— Gnouf! gnouf! c'est le cochon, disait-il en pinçant les mollets résistants.

La salle entière s'esclaffait à ce manége. Les lurons poussaient leurs coudes dans les côtes de leurs compagnes; les regards s'allumaient, des mains gourdes se perdaient parmi les corsages.

— Hi! hi! c'est le cochon! répondait l'écho dans tous les coins aux protestations des commères.

L'animal s'était sauvé depuis longtemps à l'autre bout de la pièce. Alors chacun se mit de la partie. On lui donna la chasse et les danseurs, imitant ce

6

Jurgen ébouriffant, chiffonnaient hardiment leurs partenaires.

Au plus fort de l'assaut, une table fut culbutée, les verres roulèrent à terre, brisés en pièces.

Bella aurait voulu que Kees la châtouillât mais celui-ci ne bougeait pas et c'était Chiel qui la lutinait.

— Partons, dit Wannes Andries, que la bonne entente entre cet éventé de Beirendrecht et sa linotte de sœur commençait à préoccuper. On s'ébranla. Mais Jurgen réclamait son cochon. Le souffre-douleur avait profité de la sortie d'un buveur pour s'esquiver par l'entrebâillement de la porte.

— Bah ! Le jeu est fini. On a ri pourtant !... remarqua philosophiquement le boute-en-train.

Ils s'acheminèrent vers le village. Le tumulte forain arrivait à son paroxysme. On l'entendait gronder dans le lointain où les quinquets des étalagistes piquaient de taches rouges l'ombre opaque.

Jurgen marchait à côté de la fermière :

— *Bazin* Annemie, que pensez-vous de moi ? demanda-t-il à l'affriolante femme.

— Vous êtes un particulier pas mal cocasse, répondit-elle, mais j'en tiens pour cette espèce...

— La vie est courte, les kermesses sont rares... On ne rencontre pas tous les jours un sabot qui vous chausse !

Elle donnait sa sanction à ces vérités par monosyllabes et par soupirs ; rêveuse, troublée. Au fond, ce garçon moufflard et charnu faisait mieux que l'amuser, commençait à lui plaire. Jurgen s'enhardissait :

— *Bazin* !... dit-il tout à coup, sur un ton qu'il s'efforçait de rendre goguenard, mais qui révélait une certaine émotion; *bazin*, si une solide dirne comme vous voulait d'un paroissien comme moi, le curé de Dinghelaar parviendrait à nous aider. Est-ce pas ?

— Voilà des bêtises ! fit-elle, jouant

également l'indifférence. Ainsi parle toujours le célibataire après boire !

L'autre tint bon :

— Moquez-vous, mais ne dites pas non, *bazin*. On se fatigue de tout, même du veuvage, même des ribotes... Où le curé a perdu ses sermons et *baes* Faas, mon père, ses colères, vous pourriez réussir, *bazin* Cramp. Je me corrigerais, je ferais une fin pour l'amour de vous... Soyez mienne... Marions-nous !...

— Grand enfant qui parle en puceau ! On a le temps à votre âge.

— Ecoutez... murmura-t-il, vous y songerez... Une idée. Comme j'ai fort méchante réputation, si vous me mettiez à l'épreuve ? Pour commencer, je « jouerais au domestique » ? Et peut-être en m'appliquant, descendrais je de la soupente du vacher dans l'alcôve de la maitresse ?

— On sait que Jurgen Faas aime à rire !

— Non, là franchement, vous me convenez et pour parvenir à vous plaire, je m'amenderais et deviendrais le modèle des travailleurs... Un véritable agneau de douceur et de sagesse... Mon père vous devrait ce miracle... Encore un heureux que vous feriez !...

Elle n'eut pas le temps de répondre. Comme ils regagnaient les premières baraques, déferla à leur rencontre une longue trainée de garçons et de filles de la ville, la main dans la main, gambadant et criant à tue-tête :

« *Sa pater Kiest'er ?* »

Sa pater Kiest'er ! est le premier vers d'une ronde populaire dans laquelle l'esprit frondeur des anversois se moquait en pleine terreur espagnole des faiblesses galantes des moines, leurs inquisiteurs.

La petite troupe a voulu se garer. Mais la chaine fond sur eux ondulante, comme une bête à mille pieds. En un instant, les paysans bousculés, séparés les uns des autres, sentent leurs mains prisonnières dans des mains inconnues, sont introduits de force dans le tourbillon.

— *Sa pater Kiest'er!* clament les drilles.

Et voilà que l'immense serpent se replie, la tête agrippant la queue, et se met à tourner autour du monument de Jordaens. Tous ceux de Dinghelaar : le Millédiue lugubre, exhalant ses giries : Janneke pleurnichant, Kees atrabilaire; et le gros Teun Sap, riant, et la ronde Bella Sap, et les Stevens, et Lóke, et Sus Dras, et Chiel Dhaeneus, et Mie elle même, entrent bon gré mal gré dans la ronde, contraints par leurs partenaires improvisés, vociférant les couplets trois fois séculaires.

Le hasard veut que Jurgen soit resté seul avec la statue au milieu du cercle révolutionnant. Gagné par le vertige général il bat des entrechats, tricotte, chasse et déchasse, se livre à des jetés battus de disloqué et plus il lève haut la jambe, plus fort mugit et tournoie la sarabande. Ils chantent :

> Bon père, choisis céans
> La nonnette préférée,
> Retire-la de nos rangs !...

C'est Jurgen le *bon père*. Il ne se fait pas répéter l'autorisation. Son choix s'est bientôt fixé. Qui aurait il bien pu distinguer avant la veuve Cramp? Au moment où elle passe devant lui, il l'enlève, l'enlace, et valse avec elle autour du monument, tandis que la meute les enferme eux-mêmes dans son mouvement giratoire. Le Millédiue a beau se cabrer pour empêcher ce scandale, tourner il doit; ses jambes de criquet s'agitent malgré lui, les poignets de fer de ses voisins, — deux forts des Docks, — l'y obligent ; plus il se regimbe, plus leurs doigts loupeux le broient, et lorsqu'il crie : « Au secours ! » la chanson féroce couvre sa voix.

Maintenant ils braillent :

> Trois fois il faut qu'on m'embrasse
> Avant de sortir d'ici
> . . . .

Et aussitôt trois baisers résonnent. Si, comme le veut l'usage, ce n'est pas la nonnain qui les donne, en revanche elle les reçoit du hardi frater, avec une complaisance si visible que Doorik a senti comme les deux pointes d'une fourche rougie au feu qui lui entreraient dans le cœur. Il doit se taire. De quel droit interviendrait-il ? Wannes au moins peut hurler. Crie, bave, tempête, vieux Wannes ! On n'entendrait pas Dieu tonner.

Le geste à défaut de la musique des deux baisers du couple, opère avec une autre autorité sur ces faquins, ô lamentable Wannes ! Ce fut le signal d'une embrassade générale. Tous les compagnons cherchèrent leurs compagnes ou, trop impatients, s'emparèrent de la première venue. Ainsi *bazin* Stevens bouqua un géant barbu, un lamaneur au cuir saumâtre; Bella rassasia de ses joues bouffies les tendresses gourmandes de deux cigariers, une poissonnière énorme sauta au cou de Wannes, et le groin du vilain apôtre fourragea un instant entre les deux vagues de cette poitrine de matrone.

Clameurs de triomphe, féroces étreintes, cris de violentées, confusion indescriptible, qui durent dérider jusqu'à la grimace, le rictus hilare du peintre haut en couleur, du héraut tonitruant des amours libres et des franches ripailles !

Cela dura deux minutes au bout desquelles, — quand la horde étrangère eût passé, reformée en colonne serpentine pour renouveler les mêmes prouesses, plus loin, en Hollande, — Doorik, Wannes et les autres réveillés de cette sorte de cauchemar, constatèrent que le Jurgen Faas et la veuve Cramp n'étaient plus avec eux.

Que pouvaient-ils être devenus?

Le Millédiue se lamentait en jurant qu'on ne l'y prendrait plus, à Putte, et maudissait la racaille urbaine, cause de cette disparition. Ils parcoururent la foire dans tous les sens, mais autant chercher une aiguille dans une botte de foin que retrouver deux chrétiens dans ce grouillement échevelé de baguenaudiers et d'ivrognes.

Alors, sur la proposition de Kees, ils se mirent à battre les cabarets des trois hameaux, tant au-deça qu'au-delà de la frontière. De cette façon on finirait bien par rencontrer les égarés.

— Bah ! Ils se moquent de nous !... dit Bella que cette aventure avait considérablement divertie. Ne dirait-on pas que ce sont des marmousets. Ils seront allés danser. M'est avis que nous ferions sagement de les imiter !

— Quant à moi, la ronde qu'on vient

de nous faire danser me suffit !... déclara Flup Sap.

— Moi, elle m'a mise en train... Je demande à continuer. Venez-vous, Kees ? fit Bella Sap...

— Oui, allons tous ! s'écria Sus Dras qui entraînait déjà Lôke, de la *Corneille*. Venez, Kees, nous aurons tout le temps de rêvasser : toi, en jouant du fléau dans la grange, et moi en tapant de la truelle... Profitons du bon temps... Au quadrille, en avant !

— Plus tard, chère Bella ! répondit Kees ; en attendant que nous ayons retrouvé la *bazin* Cramp, voici Chiel prêt à me remplacer...

— Comme vous voulez ! fit Bella sans montrer trop de dépit. Je compte sur vous avant de rentrer à Dinghelaar... Faites-moi danser, Chiel ?

— Je n'ai pas le sou ! objecta celui-ci en relevant sa blouse pour tâter son gousset. Mais son air et son accent glorieux disaient le contraire et il partit avec Bella, Lôke et Sus en battant des entrechats...

Après plus d'une demi-heure de recherches, les autres rejoignirent le fils Faas et la *bazin* Cramp dans un infime débit de liqueurs, aux confins du Putte-Cappellen, vers la Belgique Ils prétendirent que, fatigués de stationner dans la rue, ils avaient poursuivi leur chemin par la foire. Annemie se plaignait de la bousculade, des désordres causés à sa toilette par leurs rencontres avec des *mizevangers*, des chasseurs de mésanges, aussi enragés que ceux de la ronde autour du monument de Jordaens. Non, sans l'aide du jeune Faas, elle ne serait jamais sortie vivante de cette presse. Les dentelles chiffonnées de son bonnet, les plis de sa jupe et de son corsage, jusqu'à son visage défait indiquaient à l'évidence les assauts qu'il lui avait fallu subir dans la mêlée.

Wannes Andries objecta que l'endroit de ralliement était singulièrement choisi. C'était bien la dernière *herberge* à laquelle on eût songé, à preuve que les chercheurs n'avaient franchi ce seuil borgne qu'en désespoir de cause après avoir visité toutes les autres enseignes ! Et ses regards furtifs semblaient attendre des révélations de ces parois blanchies à la chaux dont le plâtre s'effritait, de l'alcôve en retrait dans la muraille masquée par des rideaux pisseux, de cette porte condamnée pouvant s'ouvrir à la rigueur sur quelque mystérieuse cachette. S'il l'avait osé devant Annemie, le Millédiue aurait interrogé la « tenancière », une petite vieille ratatinée, bise et picotée comme un liége, assise sur un escabeau derrière son comptoir, les yeux bigles clignant ainsi que ceux d'une chouette au soleil.

Jurgen prit en riant la défense du local. Qui ne connaissait pas à Putte et à la ronde lointaine, la boutique de Grietje Dhag, au *Chat-Vert*. Par ces jours de folie où les meilleurs cabarets vous abreuvent de ripopée et de fonds de verres, la buvette modeste de Grietje était un véritable refuge ; on pouvait au moins s'y reposer et boire à son aise une *druppel* de genièvre authentique, de vieux Schiedam auquel la contrebande ajoutait un piment.

— Hé ! heu ! gloussait Grietje opinant du bonnet.

C'était vrai, pourtant; si la vieille taupe avait une mine d'entremetteuse, sa marchandise du moins n'était pas frelatée.

Bella Sap, Lôke et leurs danseurs avaient retrouvé leur société. Ils se vantaient d'avoir fringué dans toutes les *herberges*. Bella ne se déclarait pas encore vaincue et réclamait la danse promise par Kees, mais le bourgmestre sonna le rappel.

— C'est partie remise au prochain *teerdag* de l'*Amicitia !* se dit Bella, confiante et résignée.

On prit congé sur le seuil des cousins

Stevens et aussi de Jurgen Faas, hébergé chez ceux-ci.

— Quand nous reverrons-nous? demanda le blond poldérien en pressant longuement la main potelée de la veuve.

— Dieu sait! Plus tôt que nous le croyons, peut-être?...

— Songerez-vous à l'offre que je vous ai faite d'entrer à votre service? insista-t il tout bas à son oreille, et si près que l'haleine chaude du fort garçon la chatouilla délicieusement.

Elle ne répondit pas directement :

— Si vous passez par Dinghelaar, n'oubliez pas la Ferme-Blanche! fit-elle... La bonne nuit!

Wannes Andries prit les devants avec sa sœur; Bella Sap et son père suivirent, escortés de Chiel Dhaenens, un des féaux de la digne fille; Sus Dras conduisait Paulke, Kees restait en arrière avec Janneke.

La nuit avançant, la route commençait à perdre de son animation. Des couples se glissaient furtivement le long des bermes, derrière la rangée de charmes. Des murmures, des gémissements vagues montaient des fossés à sec. Au milieu, sur le pavé en dos d'âne, zigzaguaient des traînées de soulards, coupées par le passage d'un omnibus attardé qui laissait après lui le sillage rouge de ses lanternes. A mesure qu'on s'éloignait de Putte, le râle des orgues se fondait dans une sourdine de dissonances, triste à faire pleurer.

— Il est drôle, dites, Kees, ce gros Jurgen Faast marmotta le petit Millédine, semblant continuer tout haut ses songeries depuis leur sortie de Putte. Savez-vous qu'il ne sera pas un rien riche, ce réjoui féru de bonne vie? La cousine Stevens parlait de trois fois cinquante mille francs... Prompt gars et solide terrien, voilà qui ferait un patron pour la Ferme-Blanche...

— Tais-toi ! — gronda Kees, que ces paroles torturaient d'autant plus qu'elles étaient l'écho impitoyable de ses propres réflexions, — pour l'amour du ciel, tais-toi, petit !

Et il broyait dans ses doigts crispés le bras maigre du méchant railleur.

IV

APRÈS la kermesse de Putte, on pénètre rapidement au cœur de l'hiver. Les œuvres d'été sont achevées dans les champs. Les terres saignées, émottées et fumées ont reçu la graine nouvelle. Durant plusieurs jours, Kees Doorik ameublit de ses lourds sabots les sillons gâcheux et, endossant le semoir blanc, il se démolit le bras au geste régulier et continu des semailles, à ce large geste qu'on lui envie parce qu'il rapporte exactement la quantité de grain à la distance du jet. La Boule Frisée a terminé cette opération suprême. Maintenant le polder repose; le « loam » argileux a des luisants gras sous le ciel noyé d'averses, et les corbeaux maraudeurs s'abattent par bandes, croassant, au même endroit où nichaient les alouettes lorsque les blés levaient et blondissaient sous le bon soleil. Voici la Toussaint et l'octave des âmes. Le travail se concentre à l'intérieur des fermes, dans les granges d'ou partent des bruits de fléaux et des chansons de vanneurs.

A la Ferme-Blanche, Kees dirigeait le battage et accompagnait les charrois pour la vente. Il lui arriva de faire jusqu'à quatre fois en un jour le trajet de Dinghelaar à la ville; suivant, en cela, l'exemple de feu Nelis Cramp, le diligent blatier.

Jamais le fidèle Kees n'avait déployé tant d'activité, mais jamais aussi il en avait été si mal récompensé.

Ce n'était plus de l'indifférence, mais bien une aversion manifeste que lui témoignait maintenant la patronne. Les claustrations de l'hiver, les soirées longues et hâtives, le retenaient plus souvent au travail sous les yeux de la fermière. Elle se livrait à un système de tracasseries, devenait défiante et tatillonne, se plaisait à chicaner le maître valet devant ses subordonnés. Kees patientait et se rattachait à une dernière idée consolante : Jurgen Faas, en qui son instinct avait deviné le rival, n'avait plus mis le pied à la ferme depuis la rencontre de Putte. Kees aimait à croire que les privautés prises par le suborneur ne tiraient pas plus à conséquence que d'autres extravagances de kermesse. Le confiant ami pouvait aussi attribuer la bizarrerie d'humeur de sa *bazin* à des causes naturelles. Annemie semblait souffrante : les couleurs de ses joues pâlissaient ou des rougeurs trop vives enflammaient ses pommettes ; souvent, le matin, ses yeux étaient cernés, ses paupières battues; à certains moments elle s'attelait à la besogne avec une ardeur fébrile; d'autres fois, une fatigue, une nonchalance soudaine, l'immobilisaient des heures entières, maussade, frileuse, sous le profond manteau de l'âtre, les pieds aux chenets, les regards arrêtés sur les bûches flambantes.

Un matin de février, comme la *bazin* et les gens venaient de déjeuner :

— Quelqu'un a t-il retiré des œufs? demanda-t-elle en promenant des yeux défiants autour de la table.

Janneke, les garçons et les servantes, se défendirent d'avoir visité le poulailler. Kees seul s'était tu, jugeant inutile de répondre à une interrogation qui ne pouvait s'adresser qu'aux valets en sous-ordre.

Mais Annemie ne l'entendait pas ainsi.

— Et vous, Kees? fit-elle.

— Moi, *bazin* ? s'écria le garçon, tout abasourdi par l'interpellation.

— Eh oui, vous ! Les œufs ne sont pas une denrée moins tentante pour vous que pour « eux autres », je suppose...

— *Bazin*, vous savez bien que depuis votre entrée ici, je n'ai pas mis une fois la main dans les paniers de poules.

— Le crime ne serait pas grand d'avoir levé les œufs ce matin ! Mais du moment que vous le niez, je dois vous croire...

— Du moins, jusqu'au jour où vous me surprendrez à mentir ! répondit Kees, blessé par cette réticence.

— Bon ! bon ! On vous apprécie à votre valeur, maître Kees ! Encore, la maîtresse a-t-elle le droit de surveiller ses sujets, sans doute ?... J'entends regarder de plus près à votre besogne... Car enfin... ces œufs ils s'y trouvaient ; hier soir j'en comptai neuf...

Kees sortit, mais quelques minutes après, lorsque les autres domestiques se furent retirés et dispersés et qu'Annemie resta seule, il entra dans la chambre.

Il avait sur le cœur, lui, le désintéressement même, ces doutes qu'elle venait d'élever gratuitement sur sa probité éprouvée, devant ces garçons de charrue et ces botteleurs, ces filles de basse-cour et ces manouvriers aussi infimes qu'envieux qui devaient se gausser de lui à cette heure, enchantés qu'on confondit le chef d'attelage avec leurs personnages subalternes.

Il trouva la fermière assise, dolente devant le foyer, le dos tourné à la porte. Les réflexions de la fantasque femme étaient si absorbantes qu'elle ne l'entendit pas s'approcher.

— *Bazin* Annemie !...

A l'accent triste et sérieux de cette voix de Kees Doorik elle tressaillit et se tourna vers lui, une expression de contrariété passant sur sa figure tirée.

— Ah ! je vous croyais au champ ? Qu'y a-t-il encore ?

— *Bazin*, dit-il, depuis quelque temps j'ai cru remarquer que j'étais de trop dans cette maison. D'abord je voulus me persuader à moi-même que mes yeux et mes oreilles me trompaient... Ce que vous venez de me dire ne me permet plus de douter... Vous m'en voulez, *bazin* Annemie! Eh bien, je viens vous demander la permission de m'en aller.... tranquillement, sans querelle. Je perds le goût du pain que l'on mange à la Ferme-Blanche...

— A votre guise, mon garçon... J'entends rester maîtresse. Si vous ne supportez pas d'observation, cherchez un patron plus commode... Je ne vous retiens pas...

Elle avait pris un ton de colère :

— *Bazin* Annemie ! dit Kees, je vous ai offensée un jour, pardonnez-moi; j'avais rêvé... L'ami fidèle a pu s'oublier; le domestique ne manqua jamais à ses devoirs. Le domestique méritait mieux de vous... Je partirai...

— Ecoutez, Kees, fit-elle avec plus de douceur, remuée malgré elle, autant vous le dire une fois pour toutes... Oui, il vaut mieux vous en aller... J'ai deviné vos idées... vos yeux les trahissaient... Tout cela était impossible, mon pauvre *soukelaire !* (1)

— Vous-même, vous n'y avez jamais songé, Annemie ? interrogea-t-il, la gorge serrée.

Elle éclata de rire, d'un rire aigu et faux.

— Ça ! vous êtes donc plus malade que je le croyais ! Mais, innocent, on nous enverrait tous deux à Gheel...

Puis, s'attendrissant de nouveau, avec cette compassion superficielle dont jouent les femmes les moins pitoyables :

— Vous êtes un brave garçon..., un fidèle, un bon aide... Tenez, ce que je

---

(1) *Soukelaire, sukel, sukeleer,* pauvre hère, pauvre diable, terme de pitié ou de dédain.

vous disais tout à l'heure, c'était pour vous engager à partir sans tapage. Ah ! si encore vous aviez un nom ; le nom de vos parents..... peut être ! Savez-vous qu'on a jasé sur notre compte ? Mon « bon nom » est atteint. Je ne vous accuse pas de cela ; mais, je mentirais en vous disant que je n'en ai pas souffert... Vous avez raison, il vaux mieux nous séparer. Quittez-moi ; quittez le village même. Och Kees ! faites cela par amour de moi... Songez à Nelis Cramp, votre bienfaiteur, ne troublez pas le repos de sa veuve !... Je ne vous chasse pas, vous comprenez, je vous donnerai de l'argent...

Elle pleurait en commençant, elle geignait maintenant ; ses paroles étaient celles d'une femme prudente qui a tout pesé, tout mûri, tout décidé. L'allusion aux bienfaits de Nelis Cramp arracha au naïf garçon sa dernière illusion.

— Oui, dit-il amèrement, vous avez été bons tous deux ! J'aurais tort de me plaindre et « je sortais de mes sens » en m'imaginant des choses... qui n'étaient pas. C'est bien fini... Adieu donc, *bazin*, je pars... Gardez votre argent. . Vous ne me devez rien, pas vrai ? Moi je vous dois tout, et l'argent et l'affection. La place est libre. Un beau fils avec des écus et un nom de famille peut se présenter. Je vous le souhaite, *bazin*.

Il se roidissait et sortit sans trop chanceler. Elle le rappela, honteuse, mais il avait déjà gagné sa soupente au-dessus de l'étable. Là, hébété, chantant avec des hoquets d'ivrogne une chanson joyeuse de Corepain, le ménétrier, il nouait dans une vieille pièce de cotonnade à carreaux ses pauvres nippes de paysan à gages, de pauvre diable, de *soukelaire*, comme elle l'appelait dédaigneusement, deux ou trois livres dépareillés, et ses économies, quatre cents francs au fond d'une chaussette de laine.

La première personne que Kees rencontra en quittant la Ferme-Blanche fut Bella Sap.

— Bonjour, Kees, dit la jeune fille, où allez-vous dans cet attirail de pèlerin, le paquet de hardes accroché au bâton ?

— Ah Bella ! fit-il, je quitte la Ferme-Blanche. J'ai eu des raisons avec la *bazin*.

— Vous voulez rire, Kees ! s'exclama Bella qui oubliait, elle, son rire chronique en voyant la mine décomposée et l'allure abattue du gars.

— Non, Bella, c'est bien sérieux. Il faut que je m'en aille...

— C'est donc si grave, ce qui s'est passé entre vous ?

— Irréparable !...

Et il lui narra l'incident des œufs, mais soudain, comme il croyait remarquer dans les yeux de Bella une caresse, un attendrissement, il lui prit la main et se débonda, prêt à sangloter :

— Tenez, vous êtes une bonne fille, Bella ; autant vous dire le tout... J'aime la *bazin* Annemie; je l'aime tellement que je me suis déclaré; mais elle, la fière patronne, s'offensant de cette affection de son valet, a trouvé un prétexte pour m'éloigner de la Ferme-Blanche...

— Vous, Kees, vous aimez Annemie Andries! s'écria la pauvre Bella... Voilà du neuf!... Ah, c'est bien drôle! ajouta-t-elle en riant aux éclats.

Elle dut même s'essuyer les yeux à son tablier, tant elle riait. Vrai, la grosse réjouie n'avait jamais ri comme ça de sa vie.

— Bah! parvint-elle à articuler après ce rire fou, mais évitant de regarder Kees en face... Vous n'avez pas commis un crime... Consolez-vous... Il y a encore d'autres fermes que la Ferme-Blanche, et d'autres femmes, Kees... des femmes aussi riches que la veuve Cramp... d'autres femmes qui accueilleraient mieux les propositions d'un honnête et crâne garçon comme vous... A vous de chercher... Nous chercherons à deux, si vous voulez...

Elle allait se trahir et en dire davantage ; mais comprenant l'inopportunité de cette révélation, elle se ravisa :

— Et qu'allez-vous devenir à présent ?

— Je tâcherai d'entrer en condition chez d'autres gens...

— Écoutez, dit-elle avec empressement... Venez chez mon père... Il a besoin d'un homme de confiance... Je l'entendis souvent vanter votre travail et votre caractère... Je suis certaine qu'il vous embauchera. .Un mot encore, ne lui racontez rien de votre amour pour la *bazin*. Cela doit rester entre nous... Vous comprenez. L'histoire des œufs suffira... Au revoir et bon courage !...

Et Bella se détourna pour se frotter les yeux, reprise par son rire nerveux ; et elle s'enfuit laissant Kees littéralement abasourdi, partagé, à l'égard de cette grosse fille, entre de l'antipathie et de la gratitude; irrité par ce rire singulier et touché par ces offres de service; ne sachant s'il devait la battre ou la remercier.

L'APRÈS-MIDI, comme Wannes Andries, stationnant dans la cour de la Ferme-Blanche, discutait avec sa sœur la valeur de poules campinoises dont il voulait lui endosser trois couples, le nom de Kees Doorik fut prononcé par le Millédiue :

— Kees viendra les prendre ce soir même ?

— Kees est parti ! dit résolument Annemie.

— Kees est parti ! répéta lentement le matois, puis il resta la bouche bée, avec une expression de stupeur si comique que la fermière ne put s'empêcher de sourire quoique énervée et ayant le cœur à l'envers depuis le matin. A la ferme, personne n'avait appris encore le congé du premier valet; Janneke lui-même l'ignorait.

— Cela vous étonne tant que cela? reprit Annemie.

— *Millédiuc!* Vous avez été bien pressée... Le garçon avait des qualités; on n'agit pas ainsi avec d'anciens serviteurs; puis, on consulte ses amis...

— Ne m'avez-vous pas conseillé de me débarrasser du sujet? Ma réputation courait des dangers, prétendiez-vous. Eh bien, alors? J'ai profité de la première occasion: nous avons eu des mots à propos de l'ouvrage. Il s'entêtait, je lui ai fait entendre que la porte était ouverte. Il a compris. Voilà qui est bien fini!

— En attendant, vous vous trouvez sans maître-valet?

— Oh ! pas pour longtemps. J'ai quelqu'un en vue !

Le Millédiue n'en pouvait croire ses oreilles recroquevillées. Non-seulement on chassait les valets sans l'avertir, mais on en embauchait de nouveaux sans le consulter davantage. C'était une rébellion ouverte contre sa tutelle !

Et il n'était pas à bout de surprises :

— Et cette personne que vous avez en vue, peut-on savoir son nom

— Sans doute ; vous la connaissez : Jurgen Faas, de Beirendrecht.

Elle le nomma sans trembler, même avec insistance.

— Jurgen Faas ! Mais, c'est impossible ! s'exclama Wannes en agitant ses longs bras au-dessus de son chef blême. Autant valait garder l'autre, un simple qui ne vous compromettait que dans les radotages des vieilles ; tandis que ce capon-ci...

— Me perdra effectivement ! Merci...

Parlez, frère chéri, qu'allez-vous me dire encore d'aimable? Ecoutez, c'est le moment d'en finir une bonne fois. Je suis fatiguée d'être traitée comme une petite fille. Sur vos instances, je viens de renvoyer cet « enfant du pauvre », votre bête noire d'hier et votre toquade d'à présent... Qu'arrive-t-il? Au lieu de me féliciter, vous me regardez comme si je portais la tête en carton des petits géants de l'*ommegang* (1) de Borgerhout... Puis, on m'accable de sottises. Grand merci !... Dorénavant, j'en ferai à ma guise.

— Annemie! Malheureuse! balbutia le tuteur tout pantois; vous entendrez raison avant que ce dissipateur mette le pied ici. En quoi ce fainéant de Beirendrecht vous touche-t-il? choisir pareil vaurien quand tant de travailleurs manquent de pain! Vous voulez donc

---

(1) *Ommegang*, nom qu'on donne aux cavalcades à Anvers.

vous ruiner!... Non, il ne franchira pas ce seuil, j'en réponds...

— Et moi, je vous dis qu'il viendra; et dès demain... Au besoin, j'irais même le chercher... Ne m'avait-il pas offert ses services le soir de notre dernière promenade à Putte!

— Innocente! qui prenez au sérieux les bourdes de ce moqueur!

— Et j'ai raison. D'ailleurs, il faut qu'il vienne... absolument... Entendez-vous?

Ces paroles étaient prononcées avec tant d'âpre énergie que le Millédiue, ébaubi, recula de deux pas et n'ajouta plus un mot.

Quinze jours après, à la profonde surprise de tout le pays, ce réjoui de Jurgen Faas entrait comme valet de confiance à la Ferme-Blanche.

Quant à Kees, dès le lendemain de son départ de chez Annemie, il se mit en condition chez le bourgmestre Flup Sap.

Et Wannes Andries, convaincu que ses lamentations, pas plus que ses menaces ne produiraient d'effet sur sa folle de sœur, feignit d'accepter la situation nouvelle, mais ruminait, en attendant, des projets hardis pour en finir d'un seul coup avec ces domestiques de mine avenante, capables de souffler aux petits Millédiue les écus du vieux Nelis Cramp.

LIVRE TROISIÈME

LES GANSRIJDERS

I

JANNEKE n'avait qu'une grande ambition : celle d'atteindre sa dix-huitième année et de s'engager alors dans la confrérie joyeuse des *Gansryders*, ou des « Chevaliers de l'Oie », de Dinghelaar.

En attendant, il assistait chaque hiver avec une âpre curiosité à l'ordonnance et aux péripéties de la course.

Le dimanche avant la Mi-Carême, le grand jour, il savait que cette fois les cavaliers seraient une vingtaine. Il les citait à qui l'interrogeait, sans en omettre aucun, en commençant par les notabilités : Tist Sap, le fils du bourgmestre ; Kris Potter, de la brasserie la *Feuille de Trèfle*, Boud Arrewyn, l'aîné de l'échevin, entrepreneur ; Stan Lieter, le neveu du secrétaire ; Chiel Daenens, le « batteur de cuivre » ; Hein Vlogel, le meunier ; Rob Maes, de la ferme des Bouleaux d'Argent ; Guile Servyn, de celle des Trois-Sentiers ; Pier Vandrom, de celle de la Tremblaie ; Dolf et Roel Gouda, les jumeaux du menuisier ; Jas Kalf, le boucher juif. Il ajoutait à l'énumération de ces cochets issus de coqs importants, Jurgen Faas, de Beirendrecht, « notre Jurrie », le Jurg de la Ferme-Blanche. Puis il nommait les personnages secondaires : Manus et Stoffel Maus, les valets de charrue du bourgmestre ; Huib Coryn, le vacher de la Tremblaie ; Rik, Huig et Sus Dras, les trois aide-maçons de l'entrepreneur Arrewyn ; et enfin, le vingtième, Louw Zanders, dit Sipido, le fossoyeur.

Janneke racontait qu'ils étaient partis de compagnie le matin afin d'habituer leurs gros chevaux de trait au poids de la somme humaine. Ils retourneraient le soir avec l'oie achetée chez un laitier de Wyneghem, car on n'élève pas ce volatile en Polder.

Le samedi suivant, veille de la course, au carrefour devant la maison communale, il voyait comment Dolf et Roel Gouda plantaient dans le sol deux poteaux auxquels ils fixaient une corde assez lâche pour que le Gansryder, passant au trot en dessous, pût saisir en étendant le bras la tête de l'oie suspendue par les pattes.

La dernière nuit, Janneke dormait à peine. Debout avant le chant du coq, il courait sur la place.

Au coup de huit heures, les cavaliers débouchaient des routes et des chemins de desserte, dansant lourdement en selle, mais crânes, donnant aux gamins ameutés et aux femmes matineuses le spectacle d'un galop d'entraînement.

La chabraque, les brides, le frontal, les oreillères et jusqu'à la queue des montures, les coiffures et les vestes neuves des écuyers, leurs vêtements des Pâques dernières, étaient ornés de galons d'or, de coques de rubans voyants, de franges, de plumes ou panaches en papier découpé.

Tist Sap, le roi de l'année précédente, celui qui avait décollé la volaille, portait la nouvelle condamnée attachée à l'arçon. La piteuse bestiole, étourdie mais vive encore, essayait à chaque réaction du cheval, de battre des ailes, tordionnait du cou, cacardait et son œil rond, bonasse, se dilatait ou se fermait dans les affres d'une lente agonie, dont les phases atroces ne faisaient que commencer.

Aux côtés du roi caracolaient Kris Potter, le capitaine, et Pier Vandrom, le héraut ou lieutenant mariant les appels stridents de son cornet de cuivre à la fanfare rauque de la bête. Tous les « garçons de p'aisir », fils de fermiers affourchés à la genette sur leurs larges « hollandais », valets courant pour l'honneur des maîtres, formaient le cortége deux par deux.

Mais aucun cheval ne valait Kouss, l entier moreau de la tante Cramp, sur lequel le gros Jurgen, épanoui comme un tournesol, faisait assez conquérante figure.

Avant la course, les éveillés « cadets » de Dinghelaar devaient se montrer aux amies et aux camarades des villages d'alentour, le long des diguesdu Polder ou dans les dunes campinoises. Leur promenade, coupée de haltes fréquentes aux coins recommandables, durerait trois heures. Et sûrs de se rafraîchir la gorge ils entonnaient à tue tête de leurs voix étranglées et traînantes, en se dandinant pour marquer le rhythme, — la ballade des Gansryders, des joyeux chevaliers de l'oie :

« Ça ! les amis, qu'on se réunisse pour ne plus se quitter.

» Il s'agit de courre l'oie. Le bon moyen de dilater nos jeunes cœurs, de les ouvrir à la bombance et au plaisir. Hi ! hi !

» Voyez comme elle balance gentiment, la petite oie ! Comme elle s'étire au milieu d'une « charmante » corde ! Chevauchons, en attendant, comme de riches compères. Le roi ouvre la marche avec son capitaine et son lieutenant. Amis, buvons le vin doux comme du miel ; c'est seulement après que nous serons gaillards !

» A toi, bon trompette, de sonner ta joyeuse fanfare ! Jeunes hommes, apprêtons-nous à honorer la bière qu'on pompe. Notre roi nous accompagne : la boisson ne manquera pas. Donc, aux verres !

» A toi, docteur malin, de traiter notre monarque. Ouvre ton livre, docteur des bons vivants ! Lis sans crainte :

« Il guérira comme vous le voyez, mais sa maladie est la santé ! » Heisah !

» Y a-t-il encore des garçons de notre bord, artisans ou paysans, qu'ils se présentent ! Libre à chacun de s'engager dans la ghilde dégourdie. Les chevaux ne manqueront pas ; je m'en porte garant. Oh ! oh !

» Et quels chevaux ! Sont-ils gentiment attifés ? Se parent-ils assez volontiers de rubans, les mignons ! Et nos chapeaux, à nous, chargés de plumes, qu'en dites-vous, bonnes gens ? Cela ne mérite-il pas un coup d'œil ? Ah ! ah !

» Et chevauchant, cavalcadant par les routes, nous arriverons droit aux *Trois-Tilleuls*. Craignons seulement de ne plus quitter la cordiale enseigne ! Prends garde, camarade, car la boisson y est délectable !

» Nous passerons aussi par le coin du Puy, par la Carte, et la Montagne-aux-Cigales, les Coins d'Argent et des

Barbouilleurs, sans oublier les chapelles achalandées de la chaussée large et le pèlerinage au bois de Putte. Mais Dinghelaar est la dernière station. Ah ! ah !

» Lorsque nous rentrerons à Dinghelaar, ils se trouveront là-bas, les amis, pour nous accueillir, la pinte à la main. Jubilerons-nous assez, dites ? De loin, nous entendons pleurer la petite bête ! Oui, ma mie, nous voici de retour. Montés sur nos coursiers, de vrais lions, nous arrivons de Tord-le-Cou ! Hou, hou !

» Et si l'un de nous culbute, l'entrain calmera sa peine. Il remonte à cheval et rentre dans nos rangs. Houpsa ! Mais si parmi nous il est des poltrons, pour une ou deux tonnes nous les libérerons. En attendant, crions : « Hourrah ! notre capitaine ! »

» Attention ! Quiconque arrache la tête à cette bestiole, celui-là recevra la couronne. Et, sur son chapeau se lira en lettres d'or qu'il est bien le roi de toute notre compagnie. Hi! hi!...

» Et nous le couronnerons, notre roi, d'un bandeau d'or le plus fin! A boire! Au prochain roi! Les dragons se gorgent indifféremment de rhum et de bière!

» A toi, serviable échanson, de décupler ton courage! Aux pompes, vaillant garçon! Tes bénéfices n'appauvriront personne! Et ceux qui ont confiance en toi sont des braves!

» Et vous, filles, soyez contentes. Oyez comme les francs gars de Dinghelaar vont courre l'oie. Surtout ne vous éloignez pas. Vous le savez : cavaliers aiment la danse! Graissez vos jambes rondes pour les déraidir. Mais en attendant buvez un coup à nos verres, et répétez avec nous que Suske Dras est notre bedeau! Allo! »

Leur colonne décroissait dans l'air gris de mars. Les dernières strophes de la ballade se perdaient, avec les battues, derrière l'église et le cimetière qu'ils tournaient pour gagner la rase campagne. Avant d'abandonner le territoire de la paroisse, ils acquittaient un péage, les altérés chanteurs, à l'estaminet de la veuve de Neefs le barrager; et, du carrefour de Dinghelaar, on les entendait encore clamer :

« Jeunes hommes, apprêtons-nous à honorer la bière qu'on pompe... Notre roi nous accompagne... La boisson ne manquera pas... Donc, aux verres!... »

Jusqu'au moment de leur retour, Dinghelaar recevait de leurs nouvelles par les paysans qu'ils croisaient aux étapes successives. Vers les neuf heures, ils trinquaient à Stabroeck chez le sacristain Cose Kalpan et devant le presbytère, Boud Arrewyn avait vidé les étriers, mais sans se faire aucun mal. A Putte, des gens du « hollandais » leur cherchèrent noise à propos de l'oie et les traitèrent de « mutins ». Pourtant, le conflit fut évité; les « têtes de fromage », devant l'attitude déterminée des nôtres, repassaient leurs frontières. Dans la rue de Cappellen les retinrent longtemps les joues potelées de Liske, du cantonnier Camiel, et aussi les cent pintes dont les régala un généreux étranger pendant qu'il se faisait chanter leur ballade.

Et lorsqu'ils traversaient bourgades ou hameaux, les vieilles collaient le nez à la vitre et les jeunes filles, accourues sur le pas des portes, qui reconnaissaient dans le nombre leurs danseurs des kermesses de l'été dernier, leur souriaient et disaient : « Ce sont ceux de Dinghelaar ! »

Et ainsi jusqu'à onze heures et demie.

Alors, sur la route de Cappellen à Dinghelaar, dans la direction opposée à celle de leur départ, leur chevauchée réapparaissait. On les comptait en les nommant; pas un ne manquait à l'appel.

Kees Doorik qui s'était mêlé aux

envieux, fut déçu dans son espoir : Kouss n'avait pas cassé les côtes à son cavalier novice. Et, pour montrer qu'il était bien vivant, Jurgen, le seul qui eût encore de la voix, détonnait :

« Car Dinghelaar est la dernière station. Ah ! ah ! De loin, nous entendons déjà pleurer la petite bête. Nous arrivons de Tord-le-Cou. Hou ! hou ! »

Cependant, Suske Dras, le *knaap* ou bedeau, mettait pied à terre et, s'approchant humblement de Tist Sap, il lui demandait l'autorisation de procéder au concours. Le roi daignait consentir.

Alors, Sus détachant la patiente de la selle royale courait la lier par les pattes, au milieu de la corde, entre les deux poteaux.

Et aux appels du cornet de Pier Vandrom, les gars se rangeaient au commencement de la piste.

Ils partaient, à un nouveau coup de

langue, dans l'ordre de leur importance, piquant des deux. Hou! hou! Le vent s'engouffrant dans leurs oreilles rouges.

Au moment de passer sous la corde, ils se tenaient debout sur les étriers, ramenant les rênes d'une main, — les novices s'accrochant à la crinière pour ne pas perdre l'équilibre, — ils empoignaient de l'autre le cou de l'oie pantelante et lui imprimaient une courte et nerveuse secousse, comme un visiteur impatient agiterait un cordon de sonnette.

L'oiseau arraché à sa léthargie se démenait dans des soubresauts grotesques et crécellait de douleur.

Les vingt cavaliers procédaient chacun de la même façon, et après Suske Dras, le bedeau, dernier de la bande, le défilé recommençait avec le roi Tist Sap, et ainsi de suite, deux fois, dix fois, trente fois. Si bien qu'on ne comptait plus les passes.

Aux premiers tours, aussitôt lâchée

par la main du Gansryder, la bête rentrait spontanément sa tête dans sa poitrine; ainsi se détend un ressort. Mais, inutile pour la victime de se pelotonner : la main du cavalier suivant dénichait la tête peureuse du fond de son mollet refuge de plumes. Le col dépenaillé, meurtri, disloqué, se contractait chaque fois plus lentement. Il en venait à ballotter, flasque, inerte, sans plus essayer de se soustraire aux atteintes de ces maroufles.

Cependant, qu'un temps d'arrêt fut accordé par les falots à leurs chevaux ayant besoin de souffler, la suppliciée prenant cette courte trêve pour une grâce entière, ramenait à elle, lentement, péniblement, sa tête à demi broyée. Mais déjà les poignes calleuses des drilles retournaient à leur impitoyable besogne.

Et du sang continuait de pleuvoir et des plumes de neiger sur les gamins massés au pied du gibet, le nez en l'air ouvrant de grands yeux, la bouche béante.

Des fois, on croyait la suppliciée endormie pour de bon. On avait compté des minutes, sur le cadran du clocher, depuis sa dernière convulsion. « Enfin ! » faisaient quelques spectatrices apitoyées ; « déjà ! » grommelait Janneke, formant avec les autres petits Millédiue un groupe d'amateurs qui ne bronchait pas.

Ce n'était pourtant qu'une alerte. La bête tombait en coma. Brusquement, un nouveau spasme agitait le corps estrapadé.

Janneke se trémoussait :

— Hardi ! au suivant !

Le suivant était cette brute de Hein Vlogel, le meunier. « Pas si fort, Hein ! » voulut lui crier le jeune Andries. Mais, trop tard.

Couïc ! Cette fois, la martyre eut un dernier à coup ; elle ne bougea plus. Avait-elle eu la vie rude, cette mâtine-là !

La partie ne cessait pas encore. Il s'agissait de décoller la dépouille. Le jeu devenait monotone pour beaucoup, et ils allaient attendre aux *Trois-Tilleuls* le résultat final. L'incertitude ne durait pas. Tout à coup des « hourrahs ! » faisaient refluer les buveurs au dehors du cabaret.

D'un coup sec, les jugulaires et les carotides venaient de se rompre ; la tête informe restait dans la main du vainqueur. Celui-ci, exultant, le bras levé, montrait son trophée rouge. Une fanfare de Pier Vandrom proclamait le nouveau roi. C'était Jurgen Faas.

Janneke, rivé sur place, les mains dans les poches, n'avait pas perdu un moment de cette longue exécution. Il humait l'odeur du sang abominablement douce, se grisait à cet acharnement des lourds compagnons sur cette victime chétive, prenait plaisir à la destruction graduelle de cette vie inférieure, mais tenace.

Ce réjoui de Jurgen mettant fin à la joute, Janneke lâcha un juron de dépit. Il se consola pourtant en songeant que dans deux ans la tante Mie lui prêterait le gros étalon moreau et qu'il gagnerait à son tour la course; seulement, il se promettait bien de ne pas la gagner trop vite.

Mis en belle humeur par cette perspective, le jeune Millédiue se dirigeait, sifflotant et sautillant, vers le cercle qui s'était formé autour de Jurgen, lorsqu'il avisa Kees Doorik, immobile, adossé au mur des *Trois-Tilleuls*.

Kees Doorik avait assisté cette fois au supplice de l'oie avec un intérêt plus cruel encore que le malfaisant gamin. A plusieurs reprises, il avait refusé de s'enrôler dans la confrérie des Gansryders, ne dissimulant pas devant ceux qui l'invitaient, sa répulsion pour ce carnaval stupide et barbare. Aujourd'hui, la jalousie et la haine l'empêchaient de compatir au sort de l'oie immolée, une déshéritée comme lui. Au contraire, il aurait voulu prendre sa part de la tuerie. Cela lui revenait de monter Kouss, et avec cette vaillante bête, il eût plus proprement que ce balourd intrus de Beirendrecht, décapité la volaille. Kouss le connaissait mieux que ce présomptueux poldérien. Kees t'avait-il soigné, hé, noiraud ? Le domestique se rappelait ces soirs au temps des labours où après avoir retourné toute la journée la terre près de l'Escaut, on remisait chez l'éclusier la charrue ou la herse pour épargner au brave Kouss la peine de convoyer le lourd ustensile à vide jusqu'au logis, par les chemins vicinaux, et de le charrier le lendemain au même endroit. Kouss, sensible à ces égards de la part de son compagnon d'attelage, le payait en remplissant ces soirs là, l'office d'un cheval de selle et galopait d'une traite vers le chantier de la Ferme-Blanche. Mais Kouss avait sans doute oublié cet heureux temps, sinon, comment pouvait-il tolérer sur son dos cet étranger, ce spoliateur?

Kees s'imaginait, à un moment donné, que c'était lui qui montait la fringante bête et, à la fin de la partie, que c'était encore lui qu'on acclamait. Seulement, au lieu d'une tête d'oie, il brandissait le chef veule et poupard de Jurgen, ses doigts s'agriffaient dans la maudite tignasse de lin et il aspergeait la foule du sang débagoulé par les artères de son ennemi; il aspergeait triomphant, sans craindre plus que le gros Jurgen Faas de salir les flambants habits des Pâques!

Janneke réveilla le somnambule d'une tape sur l'épaule et lui souffla dans l'oreille :

— Bien joué, n'est-ce pas? C'est tante Mie qui sera fière de la victoire de notre Jurgen. Tenez, la voilà qui arrive pour lui souhaiter *proficiat*... Il a le sac aujourd'hui, il paie tout : le manger et le boire. N'importe, j'aurais préféré pour roi des Gansryders de Dinghelaar, un ancien habitant de la paroisse, toi, par exemple. Jurgen Faas est encore un étranger. Comment « l'avez-vous » chez Lamme Servyn ? Moins d'ouvrage et plus de pain peut-être qu'à la Ferme-Blanche, hé ?

Kees, importuné, fit un geste d'impatience. Janneke se sauva, mais, à quelques pas, il lui cria de son aigre fausset :

— Ce soir, on dansera à la *Corneille*. Le bourgmestre le permet. Tante Mie viendra...

— Va-t-en avec la foudre ! gronda Kees en faisant mine de ramasser une pierre.

Pendant ce colloque, les cavaliers entouraient le vainqueur, agitaient leurs panaches, et reprenaient dans la ballade le couplet de circonstance :

« Notre roi nous accompagne : la boisson ne manquera pas...

» Et nous le couronnerons, notre roi, d'un bandeau d'or le plus fin. A boire ! Heisa ! »

D'autres criaient : « Vive Jurrie ! Vivat Jurg ! »

Le poldérien, tout glorieux, étendit sa main sanglante ; on fit silence.

— Amis, clama-t-il, je vous accorde un quart-d'heure pour rentrer les petits chevaux ; après quoi, chacun se rendra à la *Corneille* où le roi vous attend, la fourchette et le verre en main

— Bravo ! Hourrah ! gueulèrent les dix-neuf sujets du nouveau monarque. « C'est accepté ! » et, se débandant, tous tournèrent bride vers leurs écuries.

II

Il y eut une longue accalmie dans le village.

Sur la place, la corde du gibet de l'oie balançait légèrement au vent humide qui achevait de disperser les plumes et le duvet ensanglantés arrachés à la bête. L'heure du midi appelait les buveurs vers leurs foyers d'où montaient en tirebouchonnant les fumées bleuâtres. La soupe attendait Kees chez Flup Sap, son nouveau maitre ; mais il n'avait pas faim et, au lieu de se diriger vers l'*Etrille*, il tourna le dos au village et s'engagea dans les champs.

La plaine s'étendait morne, bornée à

l'ouest par le remblai de la digue. Les soles gavées d'engrais fumaient sous les morsures des labours. Elles étaient séparées par des fossés, des sentes plantées de peupliers et d'aulnes où s'accrochaient, comme des ouates, les flocons de brume flottante. Les hochequeues se pourchassaient parmi les haies en travail. Une vague douceur se répandait dans l'air, une tiédeur moite qui appelait le sang à fleur de peau, causait des éblouissements, chatouillait les narines comme la mousse d'une bière frais tirée. Kees éprouvait plus que jamais ce flou des fièvres accompagnant les transitions des saisons. Les regards du jeune homme erraient machinalement sur l'étendue. Il se disait que bientôt le seigle et l'épautre pousseraient. Les verrait-il lever cette année dans les emblavures autour de la Ferme-Blanche ?

Il s'attendrissait au souvenir des besognes d'antan.

Il se représentait ces jachères grasses dans lesquelles l'homme travaille presque constamment courbé, le pied pesant sur la bêche pour la faire pénétrer plus avant. Et c'était lui-même, qu'il revoyait piétinant l'alluvion qui adhère aux sabots, vêtu d'un pantalon aussi brun que le tuf, sans blouse, les bras de sa chemise de bai rouge sortant des emmanchures du gilet bis. Jurgen Faas, qui le remplaçait, possédait-il comme lui l'ouvrée du maître laboureur?

Avec mars s'ouvre l'époque du semis de pois et de féveroles. Kees n'avait point son pareil pour planter les rames et démolir les couches usées au moment opportun.

Et, sautant les mois de printemps et le commencement de l'été, la pensée de Kees se reportait à la période des récoltes. Là-bas, dans le Polder, aux ardeurs du midi, on s'étendait sur le dos, les jambes en compas, avec le champ moissonné pour matelas, la meule parfumée pour oreiller. Combien il méritait largement cette sieste ! Comme il travaillait après la trêve nécessaire ! Qui pourrait dire le nombre de faucilles ébréchées par lui, et combien de fois ses pouces pelés par la tâche avaient dû faire peau neuve. Non, Jurgen Faas, qu'il distançait par son ouvrée, resterait tout à fait en arrière de son redan et de son andain ! Jamais, ce balourd n'abattrait autant d'arpents de blé !

Et il revenait à la femme. Pourquoi avait-elle troublé cette vie obscure et utile? La campagne suffisait à Kees; Annemie avait rompu l'harmonie entre le simple cultivateur et la glèbe cultivée, sa première maîtresse. La nature prolifique, dédaignée pour cette créature sans entrailles, se vengeait. Elle se dérobait à ses revenez-y et c'était près d'elle seule qu'il aurait pu se retremper. Aussi, maintenant la mort lui serait meilleure que la vie.

Les jappements d'un chien tirèrent

Kees de sa songerie désolante. Il se trouvait dans la cour de la Ferme Blanche, devant la niche de Spits. Le fidèle, reconnaissant l'ancien valet, tirait furieusement sur sa chaîne pour lui faire accueil. Un couple de pigeons roucoulaient au faîte du toit. Une poule, prisonnière dans sa mue d'osier, appelait à elle ses poussins pépiants et ahuris.

Kees marcha vers les étables; la porte étant fermée, il cogna. Un hennissement familier lui répondit. Kouss reniflait l'odeur du cher camarade à travers la brique et la planche. Et les ruminants réveillés mêlaient leurs voix graves à celles des deux bêtes préférées. Kees, éprouvant pour le quart-d'heure plus de douleur que de haine, flatta longuement de la main le bon Spits.

L'habitation même dormait abandonnée. L'heure des vêpres venait de tinter au clocher, là-bas. La *bazin* et Paulke assistaient sans doute à l'office.

Alors, remué jusque dans les moelles, devant ces murs où s'étaient écoulées quinze années de sa vie, il éprouva le désir de revoir sur-le-champ celle qui l'avait étrangé pour toujours de ce toit.

A la fin il embrassa dans un long regard noyé l'ensemble de la ferme et rentra délibérément dans le village. Il se proposait de marcher à la rencontre de la *bazin* et de lui dire un dernier adieu ; puis, il partirait loin de Dinghelaar, comme elle le lui avait conseillé.

Le soir tombait.

En passant devant la *Corneille*, dont les vitres venaient de s'illuminer, il entendit les rires et les cris des Gansryders, que couvraient les éclats de voix de Jurgen Faas. Il n'en fallait pas davantage pour que toute sa résolution l'abandonnât et que les idées de vengeance reprissent le dessus. Il pénétra dans l'estaminet.

Attablés depuis le midi, les vingt

gaillards n'avaient cessé de bâfrer et de godailler. Ils avaient englouti d'imposantes platées de carbonades aux oignons, de saucisses aux choux verts sans omettre l'oie, un peu maigre, un peu coriace à cause du supplice, mais très passable avec son accompagnement de bardes et de compote aux corinthes.

Jurgen payait largement sa couronne en papier doré. Il prenait un ton autoritaire pour commander la bière, lançait des bordées de jurons et son poing tombant sur la table poisseuse faisait tintinabuler les demi-litres, à peine remplis, aussitôt vidés.

Les Gansryders trinquaient, tiraient d'opaques bouffées de leurs brûle-gueule, se trémoussaient, jubilaient aux sorties tonitruantes de leur monarque.

Fatigué de la pipe, le prodigue demanda des cigares. La caisse circula et tous voulurent y puiser à la fois. Les doigts de Huib le vacher rencontrèrent le fond de la boite, et il protesta, réclamant sa part que Hein Vlogel avait volée. Alors, tous tombèrent sur le meunier et le fouillèrent, non sans le pincer. Hein protestait en ricanant. Il finit par restituer deux cigares à Huib de la « Tremblaie ».

Cette contestation avait fait sortir les « garçons » de leur torpeur de ruminants.

— Spel ! Musique ! Spel ! cria Jurgen Faas.

Les musiciens, trois utilités de la fanfare *Amicitia*, un trombone, un piston et un bugle, n'attendaient que cet ordre du roi. Ils se juchèrent avec leurs chaises et leurs pupitres, sur une table poussée dans un coin, entre la fenêtre et la cheminée.

— Hardi ! clama Jurgen.

On débarrassa la place au milieu. Et, sans préluder, les cuivres ronflèrent poumptata, poumptata, marquant un mouvement de valse. Jurgen-le-Blanc se déhanchant donna un coup de poing dans le fond de sa casquette afin d'en élever l'échafaudage, la coiffa sur l'oreille, se tapa la cuisse, et, le cigare au coin des lèvres, les mains en avant, il sautilla vers Lôke, la fille de la maison, avec laquelle il se mit à tournoyer.

Aussitôt, ce rousseau de Chiel Daenens empoigna la mère qui s'obstinait à rester derrière le comptoir.

La valse en était à sa première moitié, lorsque ce furet de jeune Millédiue rapporta que la tante Cramp rôdait à la porte avec Paulke, Lena Potter, du brasseur, et Bella, du bourgmestre.

— Qu'on les amène ! *Bazin* Annemie doit une danse au roi ! s'écria Guile Servyn, un adolescent joufflu, découplé comme un homme fait.

Les frères Dras, exécuteurs des ordres de Jurgen, coururent arrêter les curieuses, qui se laissèrent entraîner sans trop de grimaces. On les acclama.

La valse interrompue recommença. Jurgen enlaçait la taille d'Annemie.

Chiel Daenens s'était empressé de céder la *bazin* de la *Corneille* à Kriss Potter, taillé pour les exercices de force, et de s'approprier Bella, en train de gronder Kees, qui acceptait la semonce sans murmurer :

— Vous m'aviez pourtant promis de redevenir raisonnable, et maître de vous-même, Kees? disait Bella. Au moins, mangerez-vous, ce soir?

Guile Servyn ballait avec Lena Potter, et Paulke était échue à Tist Sap.

— Demandons une polka! Cela fatigue moins! dit Annemie, après trois tours de valse, et, rougissante, elle appuya la tête contre l'épaule carrée de son cavalier. La confidence qu'elle lui murmura tout bas, à l'oreille, mit sur la face de pleine lune de Jurgen une expression mêlée de confusion et de fatuité.

— Ah bah! Ce que vous me racontez

là! fit-il avec tout plein d'intentions dans sa voix de rogomme et dans ses œillades langoureuses, tandis qu'il se passait complaisamment la main sous le menton imberbe.

Puis, retournant à son rôle, il interpella les musiciens qui reprenaient la valse :

— Une polka, sacrément! Une polka, *poddoujè!*

Le trio obéit mais le bugle, un novice intimidé par les jurons du braillard, s'embrouillait, perdait le souffle et la mesure.

Kees Doorik s'approcha du poussif et lui prit l'instrument des mains.

— Donne : l'argent restera pour toi! dit-il, afin de décider le croque notes.

Il emboucha le bugle :

— Attention... Assa!

Cette fois, les accords éclatèrent francs de rhythme, nerveux et timbrés.

Kees, avec son autorité de soliste de

l'*Amicitia*, battait du pied, disciplinait rageusement ses accolytes.

— Bravo, Kees ! lança sur un ton protecteur ce damné Jurgen, qui fringuait aussi bien que le lui permettait sa charge de vivres et de liquide.

Maintenant, tout le monde se mettait en branle. Guile Servyn ne lâchait plus Lena, Huib Coryn faisait sauter Paulke, Lôke avait passé des bras du roi dans ceux de son amoureux, Sus, le cadet des trois Dras de chez Arrewyn, le gâcheur de maçon de plus en plus avancé dans son intimité ; quant à Kriss Potter, il s'acharnait à rouler l'énorme *bazin* de la *Corneille*.

D'autres, parmi les plus avisés des Gansryders, Boud Arrewyn, Stan Lieter et Guile Vandrom avaient réquisitionné des filles du voisinage. Enfin, quelques-uns, les gamins, dansaient entre eux. Dolf Gouda avec Rein, son jumeau, Jas Kalf avec Louwe Zanders, Janneke Andries avec ce fou de Hein Vlogel.

Cette dernière paire de drôles dans laquelle le petit Millédiue représentait la femme, faisait l'admiration des buveurs abrutis. Parfois, ils se détachaient, exécutaient des cavalier seul, levant haut la jambe, arquant les bras; se provoquant avec des gestes canailles jusqu'au moment où ils s'accolaient pour pirouetter furieusement sur place, la casquette tombant dans le cou, en se regardant dans le blanc des yeux.

Les talons grinçaient sur le sable du plancher humide de crachats et de fonds de verres. Les jupons ballonnaient, les blouses s'enflaient, les chausses et les corsages bridaient, et il s'échappait de ce remous des odeurs vagues de graillon, de jambon rance et de faguenas.

Les cinq sens de la Boule-Frisée n'étaient pénétrés que de l'action de la *bazin* et du Jurrie.

La fermière prenait goût à cette polka furieuse et se prêtait à l'étreinte peu dissimulée du blond Jurgen. Pour être plus à l'aise, il s'était dépouillé de ses beaux habits du matin, avait endossé le sarrau, et ne gardait des insignes royaux que sa couronne de carton doré ! Celle-ci, passée autour de sa casquette, finit par le gêner et il la jeta dans un coin.

En dansant, les yeux de la *bazin* brillaient de ce feu qui avait affolé Kees; ceux de Jurgen nageaient stupides; il y avait encore du désir chez elle et chez lui presque de l'assouvissement. Elle était rose comme les « belles fleurs » favorites du grand pommier de feu le pachter Nelis Cramp, avec des flammes aux pommettes et de la rosée aux lèvres; lui, exsangue comme un veau écorché, flageolait sur ses poteaux et, à un moment donné, ce fut elle qui parut diriger cette tonne à bière, cette poche à tripes de Beirendrecht.

Kees semblait remplir le pavillon de son bugle des tempêtes grondant dans sa poitrine. Tudieu, quelles saccades, quel martelé de dissonnances ! Il pressa le mouvement de la polka jusqu'à ce qu'elle se fut transformée graduellement en un galop sauvage qui acheva tous les danseurs et les rejeta, hommes et femmes, inondés et haletants, au coin des tables, au bord des banquettes.

La soif était revenue et le Jurgen, la main au gousset, recommençait de payer de nouvelles lampées à ses sujets et à leurs danseuses. Il venait de changer son dernier écu de cinq francs.

— Partons, dit Annemie, que ce gaspillage commençait à révolter et aussi un peu tourmentée par la présence de Kees : Allo, garçon, « y sommes-nous ? »

— Heu ! heu ! Quel soin la *bazin* Cramp prend de notre Jurgen ! dit Manus Maus, menacé de se voir enlever le généreux payeur. Et son frère Stoffel, aussi pané que lui, ricanait :

— Pas de ça, *bazin !* Un peu de patience !

— La reine porterait-elle les culottes du roi ! ajoutait Sus Dras.

Affalé sur un banc, contre le mur, Jurgen repoussa la main que lui tendait la fermière intimidée par ces lazzis :

— Tout à l'heure, meilleure de mon sang ! bredouillait-il. Notre lit ne s'enfuira pas !

Elle n'eut garde d'insister en présence du rire formidable qui accueillit cette réplique édifiante et, ayant aperçu son finaud de frère, le Millédiue, l'air aussi goguenard que les autres, elle lui proposa de la reconduire à la Ferme-Blanche, ce que Wannes accepta. Si elle était sortie seule, Kees l'aurait suivie. Maintenant, il resta.

— Bonsoir, Kees. Vous ne rentrez pas ? lui dit Bella, dans un rire qui ne passait pas la gorge. Elle se retirait avec son frère Tist et l'inséparable Chiel.

— Bonne nuit, Bella. Je n'ai ni faim ni sommeil.

— Si vous voulez danser, il serait temps de commencer! remarqua la bonne fille, et elle ajouta de façon que lui seul pût l'entendre :

— A quoi bon rester ici; puisqu'elle est partie, *elle* ?...

Kees ne répondit rien. Elle n'insista plus; dévora son chagrin, et sortit en embrassant l'assemblée dans un dernier et sonore bonsoir, finissant par un éclat de rire et à la gaîté duquel tous se laissèrent prendre.

Au dehors, elle devint grave, ne desserra plus les dents jusqu'à l'*Etrille*, et là, sur le seuil de la porte, comme Chiel pressait sa main et lui posait de nouveau la question sacramentelle :

— Eh bien, oui, dit-elle, après un soupir ; j'accepte; parlez à mon père... Je serai votre *bazin*... Mieux vaut en finir comme cela... Encore un peu, je devenais folle aussi.

III

Le bugle remplacé par Kees reprit ses fonctions et les danses recommencèrent. Janneke, au courant des desseins paternels, abandonna deux gamins, qu'il était en train de soûler en leur faisant vider le fond des verres à la régalade, pour s'approcher de l'ancien domestique de la Ferme-Blanche.

Kees, cherchant l'ivresse, avait bu coup sur coup plusieurs *drupels* d'un méchant genièvre mélangé de poivre.

— Grande nouvelle, la Boule-Frisée ! bourdonna la mauvaise mouche. En voilà du frais ! Les bans de Jurgen Faas et de la tante Annemie seront publiés dimanche prochain. Oncle Jurgen ! Oncle Faas ! je m'y prends à l'avance pour que la langue ne me fourche point plus tard.

D'abord, sur ses gardes, craignant un accès de rage chez le gars dolent, il se tenait debout devant lui et l'interpellait de loin ; puis, encouragé par l'inertie de Kees, il s'assit sur le même banc, se glissa toujours plus près, jusqu'à ce qu'il pût lui parler dans l'oreille. Le souffle du faux câlin montait directement au cerveau du désespéré. Le petit Millédiue s'était enhardi jusqu'à passer le bras autour du cou de Doorik, et ses chatteries, ses confidences, devenaient plus pressantes. Voulant empêcher que d'autres que sa dupe entendissent ses paroles perfides, il portait la main ouverte devant sa bouche. Ses regards furtifs cherchaient parfois à travers le nuage de fumée et d'exhalaisons, ce tonneau de Jurgen qui aurait pu s'approcher et entendre dans quels termes le vilain furet parlait à Kees de son futur oncle. Mais, Jurgen ne bougeait pas plus que Kees.

Les insinuations de cette vermine opéraient à l'envie. Elles paraissaient au valet congédié l'écho de ses propres pensées, et il goûtait un amer soulas à s'entendre répéter les raisonnements qu'il se tenait à lui-même pour justifier ses rancunes. Un grognement sourd, un sanglot dans la gorge, une contraction du visage, apprenaient fréquemment au Judas qu'il avait piqué l'énamouré à l'endroit endolori.

Il finit par le juger suffisamment monté contre Jurgen.

— Garde-toi bien, Keeske ! De joyeux rêves, camarade !

Et il s'éclipsa, très amusé, à la recherche de l'ancien.

Les musiciens s'étaient tu, on ne dansait plus.

Les buveurs sortaient par bandes de trois ou quatre à la fois, les moins bondés soutenant les autres.

Il ne restait à la *Corneille* que Kees Doorik, Jurgen Faas, les Maus et les Dras, les plus altérés des Gansryders, se faisant un point d'honneur de ne pas abandonner leur roi. A ces parasites s'étaient joint quelques gosiers pavés du Coin-d'Argent l'habitacle des terrassiers et des canapsas.

L'ivresse était arrivée à sa période d'abattement et de mélancolie ; Jurgen Faas s'attendrissait, mouillait ses paroles, fraternisait à la ronde. Il aperçut Kees, boudeur et renfrogné, et, en veine de générosité, marcha, titubant, vers son rival.

– *Sanctus* (1), le Frisé ! Tous amis, hé ? ânonna le poldérien en choquant son verre contre celui de Kees.

---

(1) *Sanctus !* Mot que les paysans emploient en portant une santé.

L'autre le repoussa et retira son demi-litre.

– Tiens-toi tranquille, dis-je. Garçon, garçon, fais en sorte que tu sois parti... C'est le meilleur conseil que je te donne... Il n'y a rien de commun entre nous.

Cependant, le Jurgen avait son idée fixe et répétait sur un ton de tendre reproche :

– Nous sommes des amis... Tous amis, pas vrai ?

– Va-t-en ! dit le Doorik, en employant le mot le plus sonore et le plus méprisant du patois.

Jurgen s'obstina et s'assit à côté du jaloux, se collant contre lui, à peu près comme l'enveloppant petit Millédiue venait de le faire.

– Je ne t'ai jamais fait de mal ?

Et, sans remarquer le visage bouleversé de Doorik, le maladroit se mit à parler d'Annemie, de la Ferme-Blanche, de son prochain mariage. S'il avait remplacé Kees sur l'héritage de Nelis Cramp, c'était simple hasard. D'ailleurs, à preuve qu'il ne voulait que du bien à son camarade Kees, aussitôt devenu *baes* du patrimoine, son premier soin serait de reprendre la Boule-Frisée comme intendant. Il en donnait sa parole d'honneur.

Puis, il entra dans le détail de la future et du bien.

Il demandait des renseignements à Kees et le consultait sur l'économie de la borde :

— Hein, qu'en penses-tu? Une gaillarde, hé! Des écus, pas vrai?...

Et il donnait du coude dans les côtes de son interlocuteur. A la fin, celui-ci n'y tint plus; les paroles du gros poldérien étaient autant de bravades, et il lui cria dans le visage :

— Tu ne comprends donc pas? Je t'avais dit de ne pas me parler...

Il se contenait encore, sa nature foncièrement honnête résistait, malgré tout, à son éréthysme; mais, à bout de force, il se leva pour fuir, appréhendant des explications tragiques.

Jurgen, que cette retraite contrariait, le retint par la blouse.

— Lâche-moi! cria Kees. Ne me touche plus!

— Ta main, alors? fit l'autre plaintivement, ne voulant pas comprendre.

Kees répondit par un juron et sortit après un geste obscène : « Voilà pour toi. »

Jurgen le rattrapa dans la rue :

— Je veux que nous soyons amis! rabâchait-il.

— Ces fadaises continuent, oui?... Nous sommes deux, Jurgen, et je te dis, crois-en mon avertissement : Ne me tente pas! Tu joues un jeu dangereux, garçon, en ce moment... Tu ne sais pas combien il est dangereux, ce jeu... Voici ton chemin, à gauche; moi, je continue. Dieu aie pitié de nous!

— J'irai où bon me semble! répliqua le Gansryder.

Par une nouvelle manifestation de la boisson, il devenait hargneux et agressif à son tour :

— Je te suivrai. Me cherches-tu querelle? Dis-le franchement, alors?... En effet, c'est comme si nous « devions peler un petit œuf ensemble!... »

— A la bonne heure, Jurgen! dit Kees avec un rire atroce, j'aime mieux t'entendre parler ainsi. Ces enfantillages n'étaient pas de saison. Montre que tu es un vrai *kerel!* Nous allons nous comprendre. Ah! tu veux régler, arrive alors...

Kees pressa le pas. Jurgen, qui l'avait lâché, marchait, à côté de lui, presque droit maintenant.

Ils entendirent s'ouvrir la porte de la *Corneille*. Sur le seuil, Rik Dras, se faisant un porte-voix de ses mains, les héla :

— Laoûla! hé les hommes! Jurgen, Jûûû...rie! Halli delidelô!

Ils étaient déjà trop loin pour qu'il

put les apercevoir. Ils se gardèrent de répondre, et s'engagèrent à gauche, dans les champs écrasés d'opaques ténèbres que les feux des fermes ne piquaient plus. La nuit fermée régnait déjà depuis des heures. Un vent presque tiède, haletant comme une haleine, agitait les rideaux de trembles. Le terreau du Polder détrempé par les dernières pluies de l'hiver s'enfonçait sous les pas des marcheurs, tous deux muets à présent.

Ils arrivèrent au pied de la Digue.

— Si nous nous arrêtions ! dit Jurgen Faas.

— Comme tu veux !.. dit Kees, et il reprit, cédant à une dernière bonne pensée :

— Nous pourrions nous entendre, peut-être... Tu sais qu'une grande injustice m'a été faite et que tu me menaces d'un tort plus grand encore. Jurgen Faas, Jurrie, sois bon ! Renonce à Mie Cramp ! C'est moi qui te tendrai la main et me dirai ton ami... Aie pitié! Je l'aime!

— Pour qui me prends-tu, Keeske? Un franc garçon n'a qu'une parole : Je suis engagé. D'ailleurs, en quoi cette reculade avancerait-elle tes affaires?

— Tu le demandes! Mais, c'est ma vie en ce monde, c'est mon salut dans l'autre que tu me rendrais!

— J'en suis fâché pour toi, camarade, mais elle ne t'aimait pas; la place était libre; j'en profitai, nondekeu!... Oh! la place est prise à présent, trop bien prise... Voyons, là, sérieusement, tu ne consentirais pas, je pense, à t'attribuer mes œuvres? ..

Kees se prit la tête à deux mains, ne voyant plus rien, n'entendant qu'un grand fracas dans son cerveau démoli :

— Que dis-tu là, Jurgen Faas!... Répète, pour voir... J'ai mal compris, n'est-ce pas?

— As-tu vu, pauvre compagnon, comment elle me parlait à l'oreille avant la danse !... Ce qu'elle me disait, *soukelaire!* Rien qui te concernât, mon garçon... Tout simplement que je serai père...

— Oh non, Jurgen chéri !... Dis-moi, tu te vantes... C'est impossible !

— Trop réel, au contraire; écoute plutôt... Il y a cinq mois, nous nous sommes rencontrés à Putte, où vous nous avez perdus, Annemie et moi... Resté seul avec elle et le diable me tentant, je ne me suis pas contenté de la regarder... Voilà tout

L'impitoyable fat éclata de rire avant de poursuivre :

— Attends quatre mois encore et tu verras... Ah ! le compte y est, à partir d'octobre... Quatre et cinq font neuf ou l'instituteur de Beirendrecht a menti... Tu peux le vérifier sur tes doigts.

Il se tenait les flancs, dépouillant toute contrainte, jubilant au souvenir de sa conquête.

Kees ne pouvait plus douter.

— Ah! les cochons! ah! la sale chienne! hurla-t-il. C'est donc vrai qu'elle l'aimait .. Alors à nous deux... Toi, il faut que je te tue...

Et reculant de quelques pas, il prit son escousse pour fondre sur lui. L'autre, aux trois quarts dégrisé, avait eu le temps de se mettre en garde et d'un pochon décoché entre les deux yeux, il repoussa l'agresseur. Kees ne sentit rien, quoique les poings de son adversaire, noueux comme des loupes de chêne, lui eussent enlevé toute une pelure de chair au front. Il revint à la charge.

Agile et nerveux, il avait tombé deux ans auparavant, dans ce Putte maudit, un lutteur de profession, un grand Allemand aussi velu qu'un loup. S'il parvenait à saisir son adversaire à la taille, c'en serait fait du pataud.

Jurgen, lui, se fiait à sa pratique du pugilat pour tenir le furieux en respect. Et, en effet, deux ou trois attaques de

Kees, qui tournait autour de lui, furent vigoureusement repoussées. Mais la vigilance du Poldérien se lassa, les feintes de ce brunet dégourdi le déconcertèrent et brusquement il se sentit étreint à bras le corps, enlevé du sol, puis couché sur le dos.

— God ver!... sacra-t il en tombant; et il n'acheva pas.

Kees touchait à son but, quoique le désespoir prêtât une agilité, des nerfs nouveaux au Gansrijder. Terrassé, Jurrie se débattait comme jamais oie n'avait gigotté à la corde. Il cherchait à crever les yeux au signor, à le mordre, à le prendre aux cheveux, ou à introduire le genou entre ses jambes pour lui broyer le bas-ventre. Peine perdue, Kees tenait ferme et ne se laissait pas atteindre. Ils roulèrent plusieurs fois, l'un sur l'autre, entrelacés, rendant de l'écume, perdant du sang. A ce manège, les forces de Jurgen s'épuisaient, pressé dans les bras broyeurs du Doorik, il haletait.

— Attends ! Maintenant ton affaire est faite, camarade ! disait le vainqueur. Le jeu de l'oie est fini... Tous les jeux sont finis, mon roitelet. Jeux d'amour et le reste... Nous arrivons de Tord-le-Cou. Hou ! hou !

Jurgen se sentit perdu. Il put arriver à la poche de son pantalon et en retirer son *lierenaar*, son inséparable jambette lierroise. Kees, devenu félin, lui avait accordé à dessein cette facilité et il le désarma plus rapidement encore que l'autre s'était armé.

Ce fut la fin.

Il lui plongea le couteau dans le corps, retira l'arme, le frappa de nouveau. Il avait eu soin d'écarter les vêtements du malheureux au-dessus de la ceinture pour que la lame ne rencontrât pas de résistance. Au premier coup porté dans les reins, la victime supplia :

— Och Kees !... Ne le fais pas ! Pitié ? Ah maïe !..

Kees n'écoutait plus. Il se tenait à califourchon sur ce vivant dont il était absolument maître. Il serrait les hanches de Jurgen entre ses genoux comme il eût serré le bon Kouss, le cheval moreau. D'une main il empoignait son ennemi à la gorge pour étouffer ses cris et de l'autre il lui labourait les flancs, en se servant de son couteau comme d'une houe dans la terre du Polder et en criant : « Harrè ! Et vlan, et encore ! »

Les gémissements du vaincu diminuaient. Pour le faire taire complètement, Kees lui enfonça une dernière fois son lierrois dans la nuque, comme on fait aux cochons sacrifiés. Tout râle cessa. Un flot de sang sortit par la bouche. Les membres se détendirent, rigides, refroidissant. Rien ne remua plus.

Kees resta vautré quelques instants sur cette masse presque vide de sang, qui avait été le jovial Jurgen Faas. Puis, il se secoua ainsi qu'après une besogne fatigante. Gêné par sa blouse aussi imbibée que celle du cadavre, il s'en débarrassa et la jeta sur ce visage blanc comme une lune d'hiver dont les yeux devaient le fixer dans l'ombre. Laissant là cette dépouille piteuse dont il gagnait peur, il courut sans se retourner, tout d'une traite jusqu'à la Ferme-Blanche.

Spits gronda.

— Tout beau, Spits, c'est moi! dit Kees à voix basse. Le chien rentra dans sa niche. Kees tira un seau d'eau du puits, se lava sommairement le visage et les mains. Il fredonnait entre ses dents qui claquaient :

« Nous arrivons de Tord le-Cou, hou ! hou! Entendez-vous pleurer la petite bête! »

La porte de la grange était ouverte. « Le mauvais domestique! » murmura-t-il en songeant à l'immolé. Il se laissa tomber comme une masse sur le foin odorant et dormit aussitôt à poings fermés.

Le coq chantait déjà.

Derrière le moulin de Zander Vlogel, vers Eeckeren, un ruban rose, lamé d'argent, soutachait le bas de l'horizon où allait apparaitre le disque rouge du soleil.

IV

La *bazin*, éreintée par la polka extravagante de la veille, avait dormi comme une souche et ne se leva qu'au grand jour. Elle fut surprise en inspectant le chantier, la grange et l'étable de ne point rencontrer Jurgen Faas.

— Ho! hé! le Rik paresseux! cria-t-elle à plusieurs reprises. Elle grimpa l'échelle conduisant à la soupente où logeait le domestique.

— Jurrie! Jurgen! répétait-elle à mi-chemin de son ascension, un scrupule machinal l'arrêtant. Ne recevant pas de réponse, elle monta encore :

— C'est la boisson ! songeait-elle. Allô, la besogne n'ira pas aujourd'hui.

Arrivée au faîte, elle souleva la trappe, passa la tête au-dessus du plancher, appela.

Le lit vide n'avait pas même été défait. Les habits du Gansrijder étaient jonchés ça et là.

— Où peut-il avoir dormi ? se demandait la jeune femme mortifiée et inquiète. Au bord d'un fossé ? Sous une table de la *Corneille ?*

Elle redescendit à reculons.

Au bas de l'échelle, en se retournant, elle reçut comme un grand coup dans la poitrine.

Devant elle se trouvait Kees Doorik, la figure traversée d'éraflures sanguinolentes, des bouillonnements rouges et caillés dans les cheveux, en manches de veste, le pantalon déchiré, trempé de boue. Il la regarda, croisant les bras, jouissant de sa stupeur.

– Vous ne reverrez plus le Poldérien ! dit-il.

Elle porta la main à son cœur, puis se cacha le visage dans son tablier bleu, défaillante, devinant l'affreuse vérité et ne trouvant rien à dire à l'assassin.

Cependant, une rumeur s'élevait dans la campagne. Les exclamations se répercutaient d'un coin du village à l'autre. La nouvelle volait de porte en porte, ameutant les âmes. Janneke envoyé à Stabroeck, s'en revint de toute la vitesse de ses jambes, heureux d'être le premier à raconter l'affaire à la veuve Cramp.

De plus loin que sa voix portât, il criait, déjà époumonné :

– Tante ! Tante ! Notre Jurgen a été *fait capot*. On l'a trouvé près du Bouleau-d'Argent, sur le champ de Rob Maes ..

Il courut dans la maison, cherchant Annemie et continuant de glapir :

— On croit que c'est l'œuvre de Kees... Le vagabond n'est pas rentré cette nuit chez le bourgmestre. Il est sorti de la *Corneille* à trois heures du matin avec notre Jurrie... Rik Dras de chez Arrewyn les a appelés ; puis il est sorti pour les rattrapper, mais ils avaient disparu...

Enfin, il pénétra dans l'étable.

A la vue de Kees, il s'arrêta court, pris à la fois de terreur et d'allégresse, pouvant à peine en croire ses yeux.

— Eh bien ? Qu'attends-tu, vermine ? C'est bien moi, Kees Doorik...

Janneke, remis de son trouble, rebroussa jusqu'à la porte charretière et, les mains en entonnoir devant sa bouche, il appela :

— Hé ! les hommes, par ici... Nous le tenons... Arrêtez ! Au meurtre !

Et comme ils n'arrivaient pas assez vite, il faisait de grands moulinets avec ses bras. Quatre hommes accoururent, quatre des Gansrijders du voisinage : Huib Coryn, Manus, de chez le bourgmestre, Chiel Daenens et Hein Vlogel, le fils du meunier. Eux aussi avaient dû cuver leur bière et le bruit tragique les avait surpris au saut du lit.

Ils s'approchèrent de Kees. Janneke, rassuré par ce renfort, osa les suivre.

— Personne ne l'épousera; elle ne sera plus à personne! murmurait Kees impassible, ne montrant aucune envie de s'enfuir ou de résister.

Le garde champêtre Mile Pomp, déjà allumé par le genièvre, se présenta, suivi du bourgmestre, le gros Flup Sap, l'air toujours hilare malgré lui, la bouche fendue jusqu'aux oreilles. Le magistrat et le garde discutaient pour savoir où l'on conduirait le criminel en attendant la gendarmerie et le parquet. Le garde faisait valoir qu'à la maison communale il serait facile de rédiger le procès-verbal.

— Mais... mais... qui pourrait croire cela de ce garçon!... soupirait Flup en cherchant sa respiration. Ma fille en est comme foudroyée...

Entretemps, la foule avait envahi l'aire de la Ferme-Blanche, la marmaille du village se faufilait jusque dans l'étable, on se bousculait pour apercevoir ce monstre de Kees inspirant autant de curiosité que d'horreur.

Le petit Millédiue s'amusait mieux encore qu'à la course de la veille. Un sang autrement précieux que celui de la volaille donnait cette effrayante teinte de rouille aux chausses brunes du valet. Et, ricanant, il témoignait à ce saigneur de Kees une sollicitude ironique :

— Dis donc, la Boule-Frisée, mon grand ami, te voilà propre! On part pour l'herberge de la rue des Béguines,... tenue par le gouvernement... Bon voyage, gentil valet!

Annemie, assise sur les échelons, dérobait toujours son visage et répétait secouée par des sanglots :

— God !... God !... God !...

Ce fourbe de Wannes Andries, n'osait pas rire, mais il en éprouvait autant l'envie que son digne aîné. Il prenait sa mine de croque-mort, se tenait aux côtés de sa sœur pour lui prodiguer des consolations que celle-ci ne paraissait pas entendre.

Dans les groupes, Hein Vlogel raconta comment on avait ramassé le corps du pauvre Jurgen, du roi d'un jour des Gansrijders, comment il était tourné, une jambe repliée sous l'autre, — quelle couleur avait son visage, le nombre de trous qui le criblaient. Et remués par ces détails, les villageois vociféraient : « Tue ! Tue ! A mort le Doorik ! »

La tribu du Millédiue, au grand complet, raccolée par le grand frère, se distinguait par ses cris sauvages.

— Une corde ! demanda Chiel Daenens.

Ce rousseau de Chiel Daenens, le fils du « batteur de cuivre », était le premier cornet de l'*Amicitia* et le voisin de pupitre de Kees, le soir aux répétitions. L'apparition de la face généralement moufflarde et maintenant allongée du franc camarade, faisait passer brusquement dans le cerveau malade du meurtrier, comme devant l'objectif d'une lanterne magique, les paisibles images de jadis :

C'était — le jeudi à huit heures, — après le travail — le local : devant les pupitres peints en vert disposés autour du billard, sous les six lampes à pétrole suspendues au plafond, les musiciens debout, tournant le dos aux auditeurs, — membres honoraires — qui fumaient, buvaient, conversaient dans les coins ou manipulaient des cartes graisseuses. En jouant, les exécutants fermaient les yeux et leurs faces en ballon se gonflaient comme un soufflet. Aux pauses, ils retournaient les instruments, devissaient l'embouchure, pour leur faire rendre la salive...

C'était encore un jour de sortie dans le village, un lundi de kermesse, ou une tournée à Cappellen, une excursion à Brasschaet. La phalange des trente-deux membres actifs marchaient par rangs de quatre au rhythme des pas-redoublés. Ils se dandinaient en appuyant d'un mouvement d'épaule chaque temps fort de la mesure. De petits va-nu-pieds, sains comme des fauves; des faneuses, à l'œil hardi, au rire argentin, dansaient en se tenant par la main, devant et derrière le cortége. Après la grosse caisse suivaient les membres de la commission, importants, endimanchés, les insignes à la boutonnière, emboîtant le pas sur celui des fanfares. Ils défilaient par les grandes routes où leur bande soulevait des nuages de poussière; par les sentiers, entre les blés mûrs, hauts sur tige; et les flambées du soleil incendiaient les larges pavillons des tubas, accrochaient des escarboucles le long des tuyaux serpentins des trombones. Devant la porte des estaminets affiliés à la société, par un baes payant de sa poche ou par un des gars payant de ses poumons, la fanfare se déployait, en croissant, le chef au centre. Alors, tandis qu'on exécutait un morceau concertant, les notables pénétraient déjà dans la salle. Le président — un monsieur — passait devant et recevait sur le seuil, des mains de la servante, grosse et ronde comme un blaireau, le premier verre de bière auquel il l'invitait galamment à tremper ses lèvres, ce qu'elle faisait en rougissant très fort et en épiant du coin de l'œil Moske, le bombardon, son promis, un espiègle riant de ses confusions sans négliger une repique.

Les clameurs « Tue l'assassin ! » redoublaient et tiraient la Boule-Frisée de ces évagations :

— Ecoutez-moi, mes amis ! La partie

était loyale, je l'assure... Il vous le dirait lui-même... C'est Jurgen qui ouvrit son *lierenaar* contre moi... Je me suis défendu !

Une huée couvrait ses protestations.

— C'est ce qu'il faut expliquer à ces messieurs d'Anvers, mon garçon ! fit doctoralement Wannes Andries avec un mauvais sourire et tout plein de menaces dans sa mine trigaude.

On tardait de prendre la direction de la maison communale. L'échevin Arrewyn rapporta que la logette réservée aux malfaiteurs, devait être déblayée de la provision de charbon et de pommes de terre du secrétaire Lieter. Le cachot n'avait jamais servi. C'était la première fois depuis un demi-siècle qu'un crime se commettait sur le territoire de Dinghelaar. Et encore, était-ce l'œuvre d'un étranger à la paroisse. L'exaspération des paysans faisait craindre que le meurtrier ne fût écharpé en route ou même extrait de cette geôle, peu solide au dire d'Arrewyn. Les envies et les inimitiés qui avaient grandi avec les condisciples de Kees, mais auxquelles la conduite irréprochable du garçon n'offrait point de prise, se réveillaient maintenant implacables. Et on entendait, mêlés à cette épithète d'opprobre « assassin », les injures et les sobriquets d'antan : « Maudit bâtard ! Rebut de signor ! Fils de chienne ! »

— Voilà le curé ! annoncèrent plusieurs voix.

La meute d'aboyeurs que le garde champêtre et deux ou trois gars contenaient à peine, recula de quelques pas ; le haro se calma.

Un prêtre en cheveux blancs, avec une physionomie douce et réfléchie approchait péniblement, appuyé sur sa canne à bec de corbin. Ses paroissiens s'écartaient pour lui livrer passage et les hommes ôtaient leur casquette, non sans le regarder d'un air sournois qui voulait dire : « Hé ! curé, vous ne vous attendiez pas à celle-là ! »

C'était, en effet, le même prêtre qui avait habillé Kees à sa première communion et lui avait appris ce catéchisme où il est dit :

Homicide point ne seras.

Alors que tout le village abreuvait d'injustices le garçonnet exilé de la ville, ce paria était le favori du saint homme.

Qu'allait raconter ce juste au pécheur ? Elles ricanaient en-dessous les charitables ouailles. La rencontre était édifiante.

Le curé s'approcha de son triste protégé — il venait de voir l'autre à la morgue du cimetière — et il dit à Kees : « Malheureux enfant ! Dieu ait pitié de toi ! » Sa voix grave restait tendre et compatissante quand même. Le maudit retrouva des larmes et courba le front. Chose qui fut reprochée longtemps au prêtre, il étendit les mains comme pour l'absoudre.

Puis, son clair regard bleu habitué à fouiller les consciences, se dirigea vers la femme accroupie derrière le meurtrier, et vaguement il devina à qui revenait la grosse part des responsabilités dans cette male œuvre.

Sur l'avis du pasteur, on se décida à conduire ailleurs le prisonnier. Enfin, deux gendarmes, dont un brigadier, étaient arrivés dare dare de la frontière. Chacun de ces soldats, la carabine en bandouillère, le bonnet de police à « floche » blanche sur l'oreille, prit Kees par un bras.

— Permettez, camarade ! dit l'un d'eux, wallon gouailleur, en tirant une paire de menottes de sa poche.

Au contact des uniformes le gars comprit et frissonna. Il se laissa attacher les mains.

— En route ! commanda le brigadier

en lui donnant légèrement de la crosse entre les épaules.

Kees marcha, presque décidé. Une poussée se produisait dans la foule. Les gendarmes imposaient à la curiosité des paysans. Derrière l'ancien valet de la Ferme-Blanche marchaient le curé, le bourgmestre, l'échevin et le garde.

En traversant le chantier, Kees Doorik se tourna encore une fois vers sa *bazin* trop aimée. Appelée, poussée par une force mystérieuse, elle s'était trainée jusqu'au seuil de l'étable, et maintenant, elle s'arrêtait, comprenant ce à quoi le regard navrant du misérable faisait allusion.

Elle revécut en une minute ce soir de la rentrée des moissons où de cette même place elle l'avait suivi, le travailleur dispos et nerveux, s'enlevant désirable sur le mur empourpré par le couchant.

Aujourd'hui aussi elle le contemplait fascinée et même lorsqu'il se fut détourné, ses yeux de somnambule ne pouvaient se détacher du pauvre diable dont la Boule-Frisée dominait cette houle de têtes méchantes comme une épave émerge des vagues.

Une flopée de jeunes maraudeurs, conduite par le petit Millédiue, poursuivait le prisonnier, et lui jetait des pierres et des mottes de gazon, en criant : « Hawoùrtt ! Hawoùrtt ! »

Il ne resta dans la Ferme-Blanche que la *bazin* Annemie et derrière elle son digne frère Wannes qui l'observait avec une joie abominable.

Kees avait disparu ; elle regardait toujours devant elle, le mur de la grange.

La matinée se montrait douce et bénigne à tous. La brume bleuâtre où le soleil nouveau mettait des globules d'argent montait ainsi que l'haleine du fonds en travail. L'avril palpitait déjà dans l'air émollient et flou.

Et la veuve comprenait que tout

renaîtrait dans le Polder, cette année, celle qui suivrait, toutes celles à vivre encore, sans qu'elle pût rentrer avec les autres créatures, dans le concert du printemps. Ce cadavre et ce prisonnier, ces deux forces anéanties à cause d'elle, la séparaient à jamais de la nature prolifique. Rien ne remuait plus dans ses entrailles : l'enfant de Jurgen, aussi, était mort.

FIN.

Bruxelles. – Imp. A. Lefevre, rue St-Pierre, 9

MÊME COLLECTION.

LA-I-TOU. Le soldat qu'il a vu, bouclant son ceinturon, au sortir du fourré, chantait La-ï-tou, le refrain en vogue. Dans ce fourré, il y avait le cadavre d'une petite fille, que, lui, le bambin, a baisé au front, la croyant endormie. Puis il s'est enfui à toutes jambes. Et, à cause de ce baiser, il n'a pas dit qu'il y avait, là-bas, dans le fourré, une petite fille, tuée, sans doute par le soldat qui chantait La-ï-tou.

Plus tard, longtemps plus tard, quand il sera un homme, il aura un voisin qui ressemblera à ce soldat. Et ce voisin chantera La-ï-tou. Il passera des nuits à l'épier. Si c'était l'assassin. Il se fera son ami pour mieux surprendre ses secrets. Il connaîtra les angoisses de ce doute affreux. Le voisin mourra une nuit, jurant, mais avec un singulier sourire, qu'il n'a pas tué la petite fille violée.

Et cependant.

LA-I-TOU est un récit poignant, fait à la première personne, ce qui double son acuité; il est écrit à la façon d'Edgar Poë, mais l'auteur, notre confrère Edmond Lepelletier, n'a pas visé à produire la terreur, il a voulu que les sensations vinssent du doute. Il a procédé par inductions, par remarques psychiques et psychologiques, mais sans pédanterie. C'est l'analyse étrange d'une obsession qui finit par envahir tout l'être. Je ne sais pas de lecture plus troublante. On éprouve, à suivre les péripéties passionnantes de ce drame cérébral, un malaise indéfinissable.

Sans beaucoup de talent, l'auteur aurait sombré; il a réussi, et son livre d'une note si personnelle est un régal pour les lettrés. C'est à leur intention d'ailleurs qu'il a été tiré à petit nombre, par Kistemaeckers, en un format et avec un soin qui en font ainsi, à tous égards, un bijou de bibliothèque.

(Paris).

www.ingramcontent.com/pod-product-compliance
Ingram Content Group UK Ltd.
Pitfield, Milton Keynes, MK11 3LW, UK
UKHW031901260826
14628UKWH00002B/904

9 782329 565934